KB116597

분실물 가게

분실물 가게 1

지은이 히로시마 레이코
펴낸이 임상진
펴낸곳 (주)넥서스

초판 1쇄 발행 2022년 5월 2일
초판 6쇄 발행 2022년 10월 25일

출판신고 1992년 4월 3일 제311-2002-2호
주소 10880 경기도 파주시 지목로 5
전화 (02)330-5500 팩스 (02)330-5555
ISBN 979-11-6683-251-2 44830

저자와 출판사의 허락 없이 내용의 일부를
인용하거나 발췌하는 것을 금합니다.

가격은 뒤표지에 있습니다.
잘못 만들어진 책은 구입처에서 바꾸어 드립니다.

www.nexusbook.com

무엇이든 찾아 드립니다

분실물
가게

①

히로시마 레이코 지음
김지영 옮김

넥서스Friends

차
례

프롤로그

찬 바람이 불어오기 시작한 가을의 어느 깊은 밤, 비와마루는 기어가듯 비틀거리며 앞으로 나아가고 있었다. 비와마루는 이미 기력이 약해져 있었다. 차디찬 바람에 시달리다 못해, 금방이라도 낙엽처럼 바람에 휩쓸려 날아가 버릴 것만 같았다. 숨 쉬는 것조차 괴롭고, 힘겹게 내딛는 발걸음은 불안정했다. 그러나 걸음을 멈출 수는 없었다.

비와마루는 뒤를 돌아보았다. 누군가 있었다. 등 뒤에서 시커먼 것들이 바짝 다가오고 있었다. 잡귀였다. 기력을 잃은 먹잇감의 냄새를 맡고 기쁜 듯이 웅성거리며 따라오고 있었다. 아까 보았을 때보다 그 수도 훨씬 늘어났다.

따돌려야 해. 쫓기면 안 돼.

두려움에 눈물이 나올 것 같았지만, 비와마루는 필사적으로 발을 움직였다. 그러나 몸은 점점 더 둔해지기만 할 뿐이었다.

끝내 비와마루는 기력이 다하고 말았다. 즉시 잡귀가 몰려왔다. 그것들은 생기를 빨아먹으려고 앞다투어 먹잇감의 몸을 타고 기어올랐다. 하지만 비와마루에게는 그것을 뿌리칠 힘조차 남아 있지 않았다.

살려 줘…….

시야가 흐려지는 가운데, 비와마루는 그렇게 속으로 비는 것밖에는 할 수 있는 것이 없었다. 그때 마침 그의 간절한 애원을 하늘이 듣기라도 한 듯 어디선가 드르륵 문을 여는 소리가 났다.

"소란스럽다 했더니……. 뭐야, 이게? 개는 아닌 것 같고. ……여기서 죽으면 뒤처리가 곤란한데. 하는 수 없지."

언뜻 들었을 때는 무척이나 쌀쌀맞은 듯한 여자의 목소리였다. 하지만 이상하게도 마냥 냉정하거나 차갑게 느껴지지만은 않았다.

"이봐, 너희들, 당장 꺼져. 이 햐쿠 님의 집 앞에서 어슬렁거리지 말고."

곧이어 짝, 하고 경쾌한 소리가 났다. 무심코 몸이 떨릴 정도로 맑게 울려 퍼지는 박수 소리였다.

그 순간, 비와마루는 자신의 몸을 붙들고 늘어지던 잡귀들이 순식간에 사라지는 것을 느꼈다.

누구야? 누가 날 구해 준 거지?

힘겹게 고개를 들어 올리려던 비와마루는 그대로 정신을 잃고 말았다.

1

"나 원 참. 어쩌다 이런 걸 주웠나 몰라."

햐쿠는 마구 욕을 하면서 대폿술을 들이켰다. 벌써 세 잔째였지만 값싸고 싱거운 술로는 취기를 전혀 느낄 수 없었다. 그저 목구멍과 위장이 찌르르 달아오를 뿐이었다. 추운 밤에 눈이 뜨인 것부터 마음에 들지 않았다. 무엇보다 마음에 안 드는 것은 집 안에 쓸데없는 것을 들이고 말았다는 사실이었다.

햐쿠는 불청객을 힐끗 노려보았다. 그건 한 마리의 너구리였다. 아직 어린 새끼인지, 작은 참외 정도 크기밖에 되지 않았다.

잠에서 깬 햐쿠가 불길한 기척을 느끼고 밖을 내다보았을 때, 잡귀에 둘러싸인 작은 너구리의 모습이 눈에 들어왔다. 잡귀는 바로 쫓아 버렸지만 새끼 너구리는 기절했는지 일어서지도 못하는 상태였다. 그대로 놔둔다면 이번에야말로 주변을 어슬렁거리던 잡귀들에게 먹잇감이 될 것이다. 그 녀석들은 죽어 가는 생물, 기력이 약해진 생물의 생기를 빨아먹는 것을 무척 좋아하니까.

그래서 햐쿠는 마지못해 새끼 너구리를 집 안으로 들인 것이다. 침대로 쓸 만한 것을 찾지 못해서 일단 냄비에 낡은 천을 깔고 그 안에 너구리를 눕혀 화로 옆에 두었다.

그로부터 꽤 시간이 지났는데도 새끼 너구리는 눈뜰 기미조차 없어 보였다. "이대로 죽지는 마." 하고 중얼거리며 햐쿠는 화로에 숯을 더 넣었다. 그러자 팟, 하는 소리와 함께 작은 불티들이 날리면서 어둑한 방 안을 한순간 어스름하게 비추었다.

어디에나 있을 법한 좁은 공동주택. 천장도 바닥도 얼룩투성이. 얇은 회반죽벽 여기저기에 신문지와 풍속화를 붙여 둔 것은 금이 간 틈새로 새어 들어오는 웃풍을 막기 위해서였다.

방은 어쩐지 꽤 스산해 보였다. 방 안에 있는 것이라고는 널브러진 이불과 작은 화로, 그리고 마찬가지로 작은 장롱

과 경대뿐이었다. 게다가 오랫동안 청소를 하지 않았는지 먼지가 쌓인 방바닥 여기저기에 텅 빈 술병들이 굴러다니고 있었다.

스물여덟이라는 나이에, 빈말로라도 건실하다고는 할 수 없는 독신 여성에게는 딱 맞는 집이라고, 햐쿠는 자포자기한 심정으로 생각했다.

실제로도 큼지막한 남자용 겉옷을 대충 걸치고, 한쪽 무릎을 세워 앉은 채 술을 들이켜는 이 여자를 건실하다고 생각할 사람은 없을 것이다. 생김새는 제법 멀끔하지만 자못 과격해 보이는 표정과 매서운 눈빛, 거침없고 드센 말투를 바람직하게 여길 사람은 드물 테니까.

무엇보다 눈길을 끄는 것은 왼쪽 눈에 검은 안대를 하고 있다는 점이었다. 그 모습은 묘한 카리스마를 풍기면서도 동시에 사람들로 하여금 압도당할 수밖에 없는 분위기를 자아내고 있었다. 그 누구도 따르지 않는 길고양이를 떠올리게 하는 여자, 그게 바로 햐쿠였다.

겉모습뿐만 아니라 성격도 만만치 않았다. 욕심이 많고, 돈과 술이라면 사족을 못 쓰며, 다른 사람을 절대 믿지 않았다. 그런 햐쿠가 동정심에 새끼 너구리를 주워 오다니.

햐쿠는 벌레라도 씹은 듯한 얼굴로 냄비 안에 축 늘어져 있는 새끼 너구리를 들여다보았다.

"너구리라니, 대체 어느 산에서 길을 잃고 이 에도까지 굴러들어 온 거야. 빨리 눈을 떠서 어디든 가 버렸으면 좋겠네. ……아침까지 안 일어나면 이대로 삶아서 너구리탕을 만들어 버릴 테다!"

이런 협박도 새끼 너구리에게는 들리지 않는 것 같았다. 곤히 잠든 상태로 이따금씩 통통한 배만 오르락내리락할 뿐이었다.

새끼 너구리가 아직 살아 있다는 걸 확인한 햐쿠는 좀 더 찬찬히 살펴보았다. 너구리는 몸이 약간 말랐고 털도 거칠었지만 꼬리는 통통했다. 아무래도 수컷인 것 같았다. 털 색깔은 짙은 갈색으로, 거의 검은색에 가까웠다.

"흐음…… 보아하니 고게차마루¹라는 이름이 딱 어울리는 녀석이네."

무심코 그렇게 중얼거렸을 때였다. 새끼 너구리의 몸이 빛을 발하기 시작했다. 짙은 갈색의 몸이 희미한 푸른빛에 감싸이더니 공중으로 스르륵 떠올랐다. 새끼 너구리는 빙글빙글 돌면서 몸이 점차 커지더니 조금씩 변하기 시작했다. 손발이 쭉 길어지고 털은 피부에 스며들듯 얇어졌고 머리 부근의 털만 풍성하게 자라났다.

---

1. '고게차'는 '짙은 갈색'이라는 뜻

새끼 너구리는 어느새 열 살 정도 되어 보이는 아이의 모습으로 변해 마루 위에 사뿐히 내려앉았다. 짙은 갈색 옷을 입은, 피부가 가무잡잡한 남자아이였다. 얼굴도 몸도 살짝 통통했는데 너구리였던 때의 느낌을 그대로 간직하고 있었다. 무엇보다도 엉덩이에 꼬리가 그대로 남아 있었다.

"무슨……."

햐쿠는 이런 상황을 전혀 예상치 못했던 만큼 무척이나 깜짝 놀랐다. 그러나 그것도 잠시, 햐쿠는 공포심이 아닌 분한 마음이 들기 시작했다.

나는 보통의 인간들보다 훨씬 분별력이 뛰어난데, 이 꼬마 너구리가 예사로운 존재가 아니라는 걸 꿰뚫어 보지 못하고 집 안에까지 들이고 말다니. 이거야말로 내 불찰이군!

햐쿠는 이를 갈며 호신용 단도를 빼들고 방어 자세를 갖췄다. 그 기척을 느꼈는지 아이가 천천히 눈을 떴다. 아이의 큼직하고 둥근 눈과 햐쿠의 날카로운 눈이 서로 얽혔다.

아이는 눈을 몇 번 끔벅이더니 햐쿠를 향해 두 손을 뻗고는 "주, 주인님!" 하고 외쳤다. 이 또한 예상치 못한 말이었기 때문에 햐쿠는 또다시 눈을 깜박였다.

주인님? 주인님이라니?

햐쿠는 애써 조심스럽게 말을 걸었다.

"……난 네 주인이 아닌데."

"아, 아니에요. 그 눈! 그 눈이 주인님의 눈이라고요!"

아이가 손으로 햐쿠의 왼쪽 눈을 분명하게 가리키자, 햐쿠는 깜짝 놀라 몸을 뒤로 뺐다. 그와 동시에 손으로 왼쪽 눈을 감쌌다.

"……너, 이게 느껴지는 거야?"

"그럼요! 당연하죠! 이 기척, 주인님의 것이 틀림없어요! 아아, 이런 곳에 있었다니!"

기쁜 마음을 주체하지 못하고 혼자서 방방 뛰며 활짝 웃는 아이를 바라보던 햐쿠는 점점 더 알 수 없는 느낌이 들었다. 안대로 가리고 있는 자신의 왼쪽 눈을 단숨에 꿰뚫어 보는 자는 지금껏 만난 적이 없었다.

이 녀석, 대체 뭐 하는 놈이지?

"너, 정체가 뭐야? 이름은?"

"고게차마루!"

기운찬 목소리로 대답한 아이가 갑자기 눈을 동그랗게 뜨고 자기 입가를 가렸다.

"어라? 앗, 아, 아닌데. 왜 이런…… 내 이름은 비와마루인데. 왜, 왜 고게차마루라고 말해 버린 거지?"

"고게차마루는 조금 전에 내가 말한 이름인데."

"네? 저, 저를 그렇게 불러 버린 거예요?"

그야말로 하늘이 무너진 듯한 표정을 짓는 아이를 보자,

햐쿠는 머리가 아파 오기 시작했다.

그러고 보니 난 아이를 싫어했지. 툭하면 울고, 시끄럽고, 소란이나 피우면서 물건을 망가뜨리고. 게다가 그 새된 목소리나 시시각각 변하는 표정도 싫었다.

햐쿠는 불쾌한 기분을 노골적으로 드러내며 말했다.

"그래, 그렇게 불렀어. 나는 네가 그저 평범한 너구리라고 생각했으니까. 그저 털이 짙은 갈색이라서 고게차마루라는 이름이 딱 어울리는 아이라고 생각했지. 그게 그렇게 잘못이야?"

"자, 잘못이라기보다, 그냥 싫다고 할까…… 으아, 마음에 안 들어! 비와마루가 더 듣기 좋은데. 하필이면 고게차마루라니."

"잠깐, 너 말이야. 혼자서 투덜투덜 뭐라고 중얼거리는 거야? 나는 영문을 모르겠으니 설명 좀 해 봐."

"아아, 네. 저기, 아마 이름이 덧칠 되어 버린 것 같아요."

"덧칠?"

"네, 제 이름은 원래 비와마루였는데 지금은 고게차마루가 되어 버린 모양이에요. 아줌마가 그렇게 불렀으니까."

딱콩!

순간 햐쿠의 주먹이 뱀처럼 뻗어 나가 고게차마루의 머리를 세게 쥐어박았다. 갑작스러운 상황에 고게차마루의 둥근 눈이 한층 더 동그래졌다.

"무, 무, 무슨 짓이에요!"

"두 번 다시 나를 아줌마라고 부르지 마. 불쾌해."

"말로 하면 되잖아요! 꿀밤까지 먹일 필요는 없지 않아
요? 그쪽 이름을 모르니까 어쩔 수 없이 그렇게 부른 건데!"

"내 이름은 햐쿠야!"

햐쿠는 으르렁거리듯 자신의 이름을 댔다.

"그보다 이름이 덧칠 되었다는 거 말이야. 그런 일이 있을
수 있어?"

"아줌…… 햐쿠 씨가 주인님의 비늘을 가지고 있으니까
가능할 거예요."

"주인님의 비늘이라니, 무슨 소리야?"

그러니까 그거 말이에요, 라며 고게차마루는 다소 진지한
얼굴로 안대 속에 감춰진 햐쿠의 왼쪽 눈을 가리켰다.

"그 눈 속에 있어요. 확실하게 느껴져요. 아무리 감춰 봤
자 숨길 수 없죠."

"……주인님이라는 게 누군데?"

"산신이에요. 제가 살고 있는 산을 통솔하시는 분인데, 아
오키리히코 님이라는 남신님이죠. 무척 훌륭하신 분이지만,
딱 한 가지 단점이 있어서……."

"신한테 단점이 있다고?"

16

"네, 실은 엄청난 바람둥이예요."

햐쿠는 어이가 없었다. 신에게 단점이 있다니, 그게 또 하필 바람둥이라니. 하지만 고게차마루의 표정은 몹시 진지해 보였다.

"아오키리히코 님은 무척 남자다우셔서 여신들이 가만히 내버려 두질 않거든요. 그래도 딱 잘라 거절하시면 좋을 텐데, 옳다구나 하고 넘어가셔서는 여기저기 염문을 뿌리고 다니세요. 그런데 문제는…… 아오키리히코 님께는 이미 어엿한 부인이 있다는 사실이죠."

"흐음, 완전히 아수라장이겠군."

"맞아요! 두 분의 부부 싸움이 어찌나 격렬한지! 말이 부부 싸움이지, 일방적으로 아오키리히코 님이 된통 혼날 뿐이지만요. 아무튼 두 분 싸움에 끼어들어서 말리는 것도 보통 일이 아니라니까요."

약 삼십 년 전, 여느 때처럼 남편의 바람을 눈치챈 여신은 늘 그랬듯 격노했다. 이번에야말로 따끔한 맛을 보여 주겠다며 결의를 다진 여신은 다른 여신과 밀회를 즐기던 남편의 침실에 숨어들어, 남편이 벗어 둔 비늘 옷에서 백 개 가까이 되는 비늘을 잡아 뜯었다. 그뿐만 아니라 그 비늘을 인간계 여기저기에 뿌려 버렸다고 한다.

여전히 심각한 얼굴로 고게차마루는 말을 이었다.

"비늘 옷은 주인님께 정말로 중요한 거예요. 그 옷을 걸치지 않으면 본래 모습인 푸른 이무기가 될 수 없거든요. 만약 여기저기 비늘이 떨어진 모습으로 변신하면 그야말로 볼썽사나워서 웃음거리가 되고 말겠죠. 그래서 근 삼십 년간은 중요한 행사나 정월 때 모습을 드러내지 않으셨어요."

"그건 또 그것대로…… 남자답지 못한데."

"그런 말씀 마세요. 이미 여신님께 지긋지긋할 만큼 들볶여서 보기 안쓰러울 정도니까요."

이후 산속 동굴에 홀로 틀어박힌 산신은 하인들에게 인간계에 흩뿌려진 비늘을 찾아올 것을 명령했다. 하지만 산에 속한 존재들은 인간이 많은 곳에서는 눈도 잘 보이지 않고 냄새도 잘 맡을 수 없게 된다. 그럼에도 불구하고 이래저래 힘겹게 비늘을 찾고 있지만, 아직까지도 스무 개가 넘는 비늘이 행방불명인 상태라고 했다.

"주인님의 심기는 점점 불편해지기만 했고…… 급기야 말단 하인인 저까지 비늘 찾는 일에 동원되고 말았어요. 하지만 저 역시 인간계의 공기가 맞지 않아서…… 기력이 약해져 죽을 뻔했는데, 정신을 차리고 나니 이곳이었죠."

"그래서, 내 왼쪽 눈이 네 주인님인가 뭔가 하는 자의 비늘이라고?"

"틀림없어요. 이렇게 가까이 있으면 확실하게 알 수 있거든요. 주인님과 같은 기척이 느껴지니까요."

단호하게 말하는 고게차마루. 그 열렬한 눈빛을 이기지 못하고 햐쿠는 안대를 풀었다. 드러난 왼쪽 눈의 눈동자는 한여름의 하늘보다도 푸르렀다. 하늘보다 선명하고, 쪽빛보다 화려하며, 바다보다도 깊은 파랑. 어두침침한 방 안에서도 또렷하게 존재감을 드러내며 투명한 빛마저 내뿜고 있었다.

이 눈을 본 사람들은 다들 몸을 부르르 떨거나 섬뜩하다는 듯 얼굴이 굳어지고는 했다. 하지만 고게차마루는 달랐다. 기쁜 듯이 손뼉을 친 것이다.

"와앗! 아아, 역시! 주인님 거야! 주인님 비늘과 똑같은 색이에요! 다행이다! 찾아서 다행이야!"

꼬리를 붕붕 흔들면서 해맑게 기뻐하는 고게차마루. 그 얼굴을 보는 햐쿠의 가슴속에서는 알 수 없는 감정이 부글부글 끓어올랐다. 정신을 차렸을 때는 이미 자신도 모르게 말을 하고 있었다.

"……갓 태어난 나를 보고 부모님은 기겁을 했대. 한쪽이라고는 하지만 이런 푸른 눈을 가진 아이라니, 어떤 저주라도 갖고 태어난 것은 아닐까 생각했다더군."

"아마도 흩뿌려진 비늘 중 하나가 햐쿠 씨 어머니의 배 속으로 흡수됐을 거예요. 그래서 햐쿠 씨의 눈에 깃들게 된 것 같아요."

"……그럼 원래 내 눈은 모두 검은색이었다는 거야?"

"네."

"그렇군……."

햐쿠는 무어라 형용할 수 없는 미소를 띠었다.

"그런데 이 눈은 그냥 파랗기만 한 게 아니었어. 철이 들고 커 가면서 나는 다른 사람에게는 보이지 않는 것을 보게 됐지. 문간을 서성거리는 그림자나, 사람들의 등 뒤에서 피어오르는 연기 같은 것들 말이야."

"그것도 주인님의 능력이에요. 비늘에 깃든 신력이 햐쿠씨에게 전해진 거죠. 아무튼 이제 아셨죠? 그건 주인님 거니까 돌려주세요. 아, 괜찮아요. 아프지 않을 거고, 눈알을 뽑거나 하지도 않으니까요. 그냥 눈 안에 있는 비늘만 꺼내게 해 주세요. 괜찮죠?"

거침없이 다가오려는 고게차마루 앞에서 햐쿠는 발을 쿵굴렀다.

"히익! 왜, 왜 그러세요?"

"……누가 돌려준대?"

햐쿠는 지옥 밑바닥에서 울려 퍼지는 듯한 목소리로 쥐어짜 내듯 말했다. 너무 분노한 나머지 눈앞이 새빨갛게 물들어 보였다.

"너는 모르겠지. 보통 사람들과 다른 푸른 눈을 가진 아이, 다른 사람에게는 보이지 않는 것을 보는 아이가 어떤 취급을 당하는지."

"어? 어라, 네?"

"이 눈! 이 녀석 때문에 내가 얼마나 지독한 꼴을 겪었는지 알아? 부모조차 나를 꺼림칙해하고 주변 사람들은 괴물이라고 손가락질했어. 결국 나는 기생집에 헐값으로 팔렸어. 죽을 뻔한 적도 몇 번이나 있었지. 하지만 타고난 건 어쩔 수 없다는 생각으로 겨우 버틸 수 있었다고! 그런데, 대체 뭐야! 내가 이렇게 된 게 그런 같잖은 부부 싸움 때문이었다는 거야? 농담도 정도껏 해!"

"저, 저, 저한테 화내지 마세요! 제 탓이 아니라고요!"

"시끄러워! 너도 똑같아! 애초에 왜 이렇게 늦게 찾아온 건데! 왜 이십구 년 전에 나를 찾지 못한 거냐고! 적어도 이십 년, 아니 십오 년 전에만 찾았어도 신이 나서 돌려줬을 텐데!"

"그렇게 말씀하셔도……."

"아아, 정말! 열받아! 용서 못 해, 절대! 지금까지 겪었던 일들이 전부 부부 싸움 때문이었다니! 으아, 안 되겠어! 머리가 다 아프네!"

하쿠는 술을 벌컥벌컥 들이켰다. 그 과격한 모습을 보고 무언가를 느낀 것인지 고게차마루는 잠시 아무 말도 하지 않았다. 그러나 햐쿠가 술병을 비우자마자 고게차마루는 조심스럽게 말을 꺼냈다.

"저…… 어, 어떻게 하면 돌려주시겠어요?"

"흠, 어쩔까. ……거기 바닥 널빤지를 들춰 봐."

고게차마루는 햐쿠가 시키는 대로 바닥 한쪽에 살짝 들려 있는 널빤지를 들어 올렸다. 그 밑에는 커다란 나무 상자가 놓여 있었다.

"상자?"

"천 냥 상자야. 자그마치 천 개의 금화가 들어가지. …… 이 상자가 금화로 가득 차면 여자 혼자서 평생 어려움 없이 일하지 않아도 살아갈 수 있을 거야."

"그렇군요. 그 말인즉슨, 돈이 필요하다는 것이지요? 그, 그럼, 돈이 될 만한 걸 가져올게요. 그래, 산에서 캘 수 있는 사금으로 이 상자를 꽉 채워 드릴게요. 잠시만 기다리세요."

서둘러 밖으로 나가려는 고게차마루의 꼬리를 햐쿠가 꽉 붙잡았다.

"잠깐 기다려. 아직 말하는 중이잖아. 무엇보다 네가 구해다 준 돈은 지금 나에게 아무런 의미도 없어. 그래 봤자 내 분노는 절대 가라앉지 않아."

"네? 그, 그럼, 상자 두 개를 꽉 채울 만큼 사금을 가져올게요."

"그런 말이 아니라니까."

햐쿠는 음험한 눈으로 고게차마루를 쏘아보았다.

"모르겠어? 아까도 말했지만, 나는 괴이한 눈을 가졌다는 이유만으로 지금까지 지독한 꼴을 당해 왔어. 하지만 이제 겨우 이 녀석의 쓸모를 알았지. 지금 나는 이 눈을 이용해서 장사를 하고 있거든. 그 덕분에 먹고살고 있고. ……이제야 이 녀석이 나에게 진 빚을 갚고 있는 셈이라고."

"그러니까 그 말씀은……."

"이 눈으로 천 냥을 모으기 전까지는 절대 비늘을 넘겨줄 수 없다는 말이지."

"그럴 수가…… 그럼 이 천 냥 상자에는 지금 얼마나 들어 있는데요?"

"열두 냥."

"으아……."

얼굴을 찌푸리는 고게차마루를 보며 햐쿠는 흐흥, 하고 코웃음을 흘렸다.

"내 이야기는 여기까지야. 알아들었으면 이제 돌아가. 내가 천 냥을 모았을 때쯤 다시 오면 되겠군."

"그럴 수는…… 저기, 그러지 말고 좀 더 이야기를 나눠 보지 않겠어요?"

"시끄러워. 나는 이제 자야 해. 너도 빨리 산으로 돌아가
서 잠이나 자."

햐쿠는 다시 왼쪽 눈에 안대를 차고는 등불을 후 불어 껐다.

2

"*끄악!*"

작은 비명에 햐쿠는 눈을 번쩍 떴다. 일어나 보니 바로 옆에 아이가 뒤로 발라당 자빠져 있었다. 너구리 꼬리가 달린, 짙은 갈색 옷을 입은 오동통한 아이. 햐쿠는 금세 어젯밤 일을 기억해 내고는 머리를 긁적였다.

"뭐야, 너 아직도 여기 있었어? 게다가 아침 댓바람부터 무슨 소란이야."

"*끄응, 끄으으……*"

고게차마루는 신음 소리를 내며 뒤로 자빠진 채로 일어나지 못했다. 아무래도 몸이 마비되어 움직이지 못하는 모양이었다. 햐쿠는 하핫, 하고 심술궂은 웃음을 띠었다.

"보아하니 내 안대에 손을 댄 모양이구나? 내가 잠든 틈을 타 비늘을 훔쳐 가려던 거지? 멍청하긴. 이 안대에는 주술이 잔뜩 걸려 있어. 무당한테 직접 부탁해서 만든 거니까 말이야."

"어, 어째서 그, 그런 걸……."

"그야 만일을 대비하기 위해서지. 이 눈을 원하는 녀석들이 꽤 있거든."

어둠이나 그림자 속으로 숨어드는 존재들은 대부분 햐쿠를 빤히 바라보기만 할 뿐이었다. 그러나 개중에는 가까이 다가오는 존재도 있었다. 불길한 기척을 한껏 내뿜는 그것들은 "예쁘다. 갖고 싶어."라고 속삭이며 햐쿠의 왼쪽 눈을 뽑아 가려고 호시탐탐 기회를 노리고는 했다.

"깨어 있는 동안에는 나도 그런 것들이 다가오도록 그냥 내버려 두지만은 않아. 하지만 잠든 사이에 그런 일이 벌어지면 아무리 나라고 해도 어쩔 수 없거든. 그걸 막기 위해 이 안대를 만들었지. 돈깨나 들었지만 뭐, 그만큼의 가치는 있군."

"……으윽."

햐쿠는 원망스럽다는 얼굴로 힘겹게 일어나는 고게차마루를 놀리는 듯한 눈길로 바라보았다.

"바보 같은 생각 말고 빨리 산으로 돌아가. 어제도 말했듯이, 나는 이 눈의 힘으로 천 냥을 모을 때까지는 절대 돌려 주지 않을 테니까."

"하, 하지만 그 눈 때문에 지독한 꼴을 당했다고, 그렇게 말했잖아요? 비늘을 돌려주면 이상한 것들도 더 이상 보이 지 않을 텐데……. 눈동자도 오른쪽이랑 똑같은 검은색이 된다고요! 보통 사람으로 돌아가고 싶지 않은 거예요?"

쉴 없이 쏟아 내는 고게차마루의 말에, 햐쿠는 쓴웃음을 지었다.

"십 년 전이라면 몰라도 이제 와서 평범한 사람의 모습이 된다거나 착실하게 사는 건 바라지 않아. 이미 나는 괴물로 알려져 있고 사람들은 그 괴물의 힘을 원해. 여기에 정착하 기까지 꽤 오랜 시간이 걸렸지. ……아무튼 천 냥이야. 그게 나 자신과 한 약속이야."

"……고집쟁이네요."

"흥, 여간내기였으면 진작에 죽었겠지. 자, 알아들었으면 어서 나가."

"아니요." 하고 고게차마루는 고개를 꼿꼿이 세웠다. 그리 고 그 자리에 무릎을 꿇더니 햐쿠를 똑바로 바라보았다.

"햐쿠 씨의 마음은 잘 알았어요. 그래서…… 저도 결심했 어요. 천 냥을 모을 때까지 제가 햐쿠 씨의 곁에 있을게요."

"무슨 헛소리야!"

햐쿠는 기가 막힌다는 듯 소리쳤다.

"웃기지 마. 네가 산신의 하인인지 졸개인지 몰라도 어쨌든 너구리 요괴잖아? 그런 게 내 옆에 붙어 있으면 불안하단 말이야. 그리고 군식구를 먹여 살릴 만큼 주머니 사정이 좋은 편도 아니고. 설마, 네 밥값은 네가 스스로 벌겠다고 할 건 아니지?"

"그건…… 못해요."

"그것 봐."

"하지만 도움은 될 거예요. 청소나 빨래 같은 건 할 수 있거든요. 그리고 이 방, 너무 더럽지 않아요?"

"시, 시끄러워. 난 원래 집안일에는 소질이 없다고."

"그러니까 제가 그걸 맡으면 되잖아요. 식사도 준비할 수 있어요."

"호오."

그 말에 햐쿠의 눈이 동그래졌다.

"그럼 일단 아무거나 만들어 와 봐."

"만들 수야 있지만, 재료가 없으면 당연히 요리도 할 수 없잖아요. 쌀 없어요? 된장은?"

"나는 거의 밥을 안 해 먹으니까…… 그래, 이걸 줄게."

대화하는 게 귀찮아진 햐쿠는 품속에서 지갑을 꺼내 고게 차마루에게 던져 주었다.

"큰길 쪽에 쌀집이랑 채소 가게가 있으니까, 좋아하는 걸로 사 오면 돼. 그걸로 뭔가 만들어 봐. 아, 밖에 나갈 때 그 꼬리는 숨겨야 해. 그 정도는 할 수 있지?"

"당연히 할 수 있죠. ……제가 만일 햐쿠 씨의 입에 맞는 식사를 준비하면 여기 있어도 되나요?"

"입에 맞는다면 뭐, 생각해 볼 수도 있지."

말은 그렇게 했지만, 이 너구리 요괴 녀석을 집에 눌러앉게 할 생각은 털끝만치도 없었다. 겉보기에는 애교 있는 아이지만 고게차마루는 분명 인간이 아닌 존재였다. 그런 군식구는 사양이다.

애초에 햐쿠에게는 누군가를 먹여 살린다는 것 자체가 있을 수 없는 일이었다. '차라리 지갑을 가지고 도망가 주면 좋을 텐데.'하고 햐쿠는 생각했다. 아깝기는 해도 그것으로 성가신 존재가 사라진다면 결국 이득이 될 테니까.

고게차마루는 햐쿠가 자기를 내쫓을 구실을 찾고 있는 줄도 모른 채 꼬리를 잽싸게 숨기고는 기운차게 밖으로 뛰어나갔다. 그리고 다시 돌아왔을 때는, 두 팔로도 부족할 만큼의 채소와 달걀 그리고 쌀이 담긴 봉지를 잔뜩 끌어안고 있었다. 하지만 얼굴은 영 부루퉁해 보였다.

"너무해요, 햐쿠 씨. 지갑이 텅 비었잖아요!"

"그랬어? 하지만 그런 것치고는 잔뜩 사 왔네. 뭐야, 설마

나뭇잎을 금화로 바꾸기라도 한 거야?"

"그런 짓은 안 해요! 가게 앞에서 빈 지갑을 보고 어쩔 줄 모르고 서 있었더니 아주머니들이 나와 보시더라고요. 그래서 햐쿠 씨 집에 신세 지고 있는 사람이라고 했더니, 갑자기 이것저것 쥐여 주기 시작하는 거예요. 외상값은 달아 둘 테니까 빨리 이거 가지고 돌아가라면서."

"흥, 괴물 공동주택에 사는 사람이 가게 앞에 죽치고 서 있으면 채소나 생선이 썩어 버릴 거라고 생각한 거겠지. 뭐, 어쨌든 받아 와서 다행이네."

"그건 그렇지만, 뭔가 좀……."

납득이 되지 않는다는 표정을 지으면서도 고게차마루는 바지런히 움직이기 시작했다. 방 옆에 딸린 부뚜막에서 불을 지피고 밥을 안친 다음, 능숙하게 채소를 썰었다.

잠시 후 구수한 된장국 냄새가 풍겨 왔다. 그 냄새에 햐쿠의 위장이 요동치기 시작했다. 생각해 보니 이 집으로 이사 온 뒤로 된장국을 끓여 본 적이 없었다. 마지막으로 밥을 안친 것도 언제였는지 기억나지 않았다.

식사는 항상 가까운 노점이나 밥집에서 가볍게 때우고 집에서는 술만 마셨다. 그래서 완전히 잊고 있었다. 방 안을 가득 채운 음식 냄새가 이렇게나 진하고 따뜻한 것이었다는 사실을.

햐쿠는 냄비가 보글보글 끓는 소리에 한동안 귀를 기울였다. 어쩌면 깜박 졸았는지도 몰랐다. 자신을 부르는 소리에 문득 눈을 떠 보니, 얼굴에 검댕을 묻힌 고게차마루가 햐쿠를 빤히 들여다보고 있었다.

"으앗, 뭐야?"

"밥 다 됐어요. 드셔 보세요."

고게차마루가 손가락으로 가리킨 곳을 바라본 햐쿠는 말문이 막혔다. 깨끗하게 닦은 바닥 위에 갓 지은 흰밥, 김이 피어오르는 무 된장국, 포슬포슬한 계란말이, 통통하게 잘 구워진 정어리 네 마리가 보기 좋게 놓여 있었던 것이다. 흠잡을 데 없는 아침 식사에 햐쿠는 당황하고 말았다.

"……어디서 이런 요리를 배운 거야?"

"헤헤, 제가 산에서는 식사 담당이었거든요. 끓이는 것도 굽는 것도 특기예요. 자자, 식기 전에 드세요. 아, 저도 배고프니까 같이 먹을게요."

고게차마루는 자기 몫의 밥과 된장국을 그릇에 옮겨 담더니 허겁지겁 먹기 시작했다. 그 왕성한 식욕에 이끌리듯 햐쿠도 결국 젓가락을 들었다.

우선 밥을 조금 떠서 먹어 보았다. 맛있었다. 찰기도 적당했고 쌀의 단맛이 입 안에서 춤을 추는 것만 같았다. 이어서 된장국을 홀짝였는데 그 또한 맛이 훌륭했다. 너무 진하지도 연하지도 않게 간이 알맞았고 건더기로 넣은 무도 잘 어울렸다.

가장 놀란 것은 계란말이었다. 마치 고급 이불처럼 그 느낌이 너무나 부드럽고 달콤해서 한 조각, 두 조각, 젓가락질을 멈추지 못했다. 정신을 차렸을 때는 이미 눈앞에 있던 음식들이 깨끗하게 비워진 후였다.

흠칫하며 고개를 들자, 빙그레 웃고 있는 고게차마루와 눈이 마주쳤다. 의기양양한 그 얼굴이 여간 아니꼬운 게 아니었다.

"어때요? 저, 여기 있어도 되겠죠?"

햐쿠가 대답하려고 입을 떼려던 순간이있다.

"햐쿠, 일이야."

밖에서 웬 굵직한 목소리가 들려오나 싶더니, 문이 살짝 열리고 그 틈으로 무언가 작은 물건이 안으로 굴러 들어왔다. *끄악*, 하고 고게차마루는 몸을 움츠렸지만 햐쿠는 놀란 기색 없이 흙마루로 내려가 바닥에 떨어진 그것을 주웠다.

작게 접혀 끈으로 묶인 편지였다. 햐쿠는 문밖을 확인하려고도 하지 않은 채 매듭을 풀어서 편지를 읽었다. 다 읽고 난 후는 얼굴에 미소가 떠올라 있었다.

"미안하지만 너랑 놀아 줄 시간이 없어졌어."

"네?"

"나갔다 올게. 의뢰가 들어왔거든. 일하러 가야지."

"그럼 저도 같이 갈게요."

"이건 애들 장난이 아냐."

햐쿠는 딱 잘라 말했다.

"널 데리고 손님을 만나라고? 그러다 네 정체가 드러나기 라도 해 봐. 그때야말로 난 정말 끝이야."

"절대 들키지 않을게요. 그리고 안 된다고 해도 따라갈 거 예요. 어쨌든 저는 계속 주인님의 비늘에서 눈을 떼지 않기 로 결심했으니까요."

"이 녀석이 진짜! 확 너구리탕으로 만들어 버릴까 보다!"

"뭐라고 협박해도 저는 포기하지 않아요!"

한동안 입씨름이 이어졌지만, 결국 꺾인 것은 햐쿠 쪽이 었다.

"제길, 이러다 약속 시간에 늦겠어. 아아, 어쩔 수 없지. 그 럼 내 심부름꾼이라는 명목으로 따라와. 단, 정체를 들키지 않도록 꼬리는 확실하게 숨기고 있어야 해. 그리고 절대로 쓸데없는 말을 해서는 안 되고. 알겠지?"

"네! 아예 말을 못 하는 척하고 있을게요."

"그래, 그게 좋겠다. 아아, 어쩌다 이런 일이……."

햐쿠는 잽싸게 화장을 하고 흐트러진 머리를 정리한 다 음, 두건을 휙 둘러썼다. 눈가까지 가려져서 왼쪽 눈의 안대도 잘 보이지 않았다. 이를 지켜보고 있던 고게차마루가 감탄하듯 말했다.

"햐쿠 씨도 변신을 하는군요."

"변신이 아니야. 외출하기 위한 몸치장이지. 자, 어서 가자. 꾸물대다 손님을 놓칠 순 없으니까 말이야."

햐쿠는 고게차마루를 데리고 서둘러 집 밖으로 나갔다. 주위에는 더러운 공동주택이 빽빽하게 모여 있었지만 이상하게도 고요했다. 마치 아무도 없는 것만 같았다.

햐쿠는 공동주택 사이로 난 좁은 길을 재빠르게 걸어가기 시작했다. 그 뒤를 따르던 고게차마루가 무언가 생각난 듯 입을 열었다.

"그런데, 햐쿠 씨는 무슨 일을 하세요?"

"분실물 가게."

"분실물 가게? 잃어버린 물건을 찾아 준다는 말인가요?"

"맞아. 떨어뜨린 지갑이나 사라진 남편, 어디 있는지 당최 찾을 수가 없는 물건. 그런 걸 찾아 주는 게 내 일이지. 하지만 가끔은 얄궂은 의뢰도 있어."

"얄궂은 의뢰?"

"정신 바짝 차려. 나의 감으로는 오늘 의뢰는 바로 그쪽이니까."

그렇게 말하고는 햐쿠는 히죽 웃었다.

삼십 분 후, 햐쿠와 고게차마루는 목적지에 도착했다. 그곳은 깔끔한 단층주택으로, 그럭저럭 돈깨나 있는 노인들이나 살 법한 집이었다.

집은 작지만 은근한 기품이 느껴졌다. 주위에는 비슷한 집들만 몇 채 더 있을 뿐 한적해서, 빽빽하게 처마를 맞대고 있는 공동주택과는 천지 차이였다. 혼잡한 중심가에서도 약간 떨어져 있어 작은 새가 지저귀는 소리도 잘 들려왔다.

햐쿠는 대문으로 들어가지 않고 뒷문 쪽으로 돌아갔다.

"실례합니다. 분실물 가게에서 왔는데요, 안에 누구 안 계신가요?"

말을 걸자 바로 문이 열리고 살찐 중년 여자가 모습을 드러냈다. 그 눈초리도 생김새도 썩 좋은 인상을 풍긴다고는 말하기 어려웠다.

"아아, 왔군. 자, 이쪽으로. 어서, 빨리."

그 어느 누구에게라도 들키고 싶지 않다는 듯, 여자는 햐쿠와 고게차마루를 안으로 잽싸게 잡아끌었다. 지카라고 자신의 이름을 밝힌 여자는 햐쿠를 빤히 훑어보았다.

"흐음, 생각보다 젊네. 뭐든 찾아 준다던데, 정말인가? 거짓말이면 돈은 줄 수 없어."

거침없는 지카의 말에 햐쿠는 무뚝뚝하게 대답했다.

"돈은 찾은 다음에 주셔도 돼요. 찾는 게 물건이라면 은화

한 냥, 사람이라면 금화 한 냥, 평범하지 않고 어려운 의뢰라면 금화 두 냥이에요."

"터무니없이 비싸네. 하긴…… 정말 찾아만 준다면 한 냥이든 두 냥이든 상관없지. ……사정은 이미 들었지?"

"의뢰서에는 여기에서 잃어버린 걸 찾아 달라고만 적혀 있었는데요."

"어머, 그랬나? 그럼 지금 말해 두겠는데, 당신이 찾아 주었으면 하는 건 이 집 어딘가에 숨겨진 물건이야. 그런데 그 숨겨진 장소는 누군가의 잊힌 기억 안에 있지."

"기억?"

"아휴, 말보다는 직접 보여 주는 게 낫겠네. 자, 이쪽으로."

그러나 그들이 복도를 걸은 지 얼마 되지 않아 옆쪽의 장지문이 기세 좋게 열리더니 젊은 아가씨가 얼굴을 내밀었다. 나이는 열네댓 살 정도, 지카를 닮은 얼굴에 체격도 크고 뚱뚱했다. 작은 눈이 심술궂게 빛났다.

"엄마, 저 사람이 그걸 찾아 줄 사람이야?"

"가쓰, 저리 가 있으렴."

"싫어, 나도 보고 싶단 말이야. 저기, 마물의 눈을 지녔다던데, 정말이야? 사실은 거짓말이지?"

그 엄마에 그 딸이었다. 진저리를 내는 햐쿠의 뒤에서 고게차마루가 화가 난 듯 눈을 부라리고 있었다. 하지만 약속한 대로 입은 꾹 닫은 채였다.

"그만 좀 해, 가쓰. 이건 장난이 아니라고."

"알아. 하지만 보고 싶은걸. 저기, 괜찮지? 방해하지는 않을게."

"……못 말리는 애라니까."

"우후후."

이렇게 지카의 딸 가쓰까지 합류해서 네 사람은 복도 안쪽에 있는 방으로 들어갔다. 작고 살풍경한 방이었다. 어쩌면 창고로 쓰던 방인지도 모르겠다. 대충 널빤지를 깔아 둔 바닥은 몹시 차가웠고 공기도 무거웠다. 분뇨 냄새가 풍겨왔다. 악취를 지우기 위해 향이 피워져 있었지만 그리 도움이 되지는 않았다.

방 안에는 이불이 한 채 깔려 있었고, 그 위에 한 노인이 누워 있었다. 밉살스러울 정도로 살이 찐 지카 모녀와는 다르게 너무 말라서 피골이 상접한 모습이었다. 멍하니 뜬 눈은 공허했고 뻥긋 벌어진 입가에서는 침이 흘러내리고 있었다. 숨을 쉴 때마다 목에서 그르릉, 하고 가래 끓는 소리가 났다.

햐쿠는 눈살을 찌푸렸다. 왼쪽 눈의 힘을 빌릴 필요도 없었다. 노인은 거의 죽어 가고 있었다. 몸은 간신히 살아 있는 상태였지만 영혼의 기척이 느껴지지 않았다.

그렇다면 대체 영혼은 어디에?

이 또한 찾을 필요도 없었다. 이불 옆으로 발이 어렴풋이 보였다. 그 앙상한 발은 복사뼈에서 끊어져 있었는데 왼발 새끼발가락과 집게발가락의 발톱이 없었다. 그뿐만이 아니었다. 불길한 색깔의 불꽃에 휩싸여 파지직 타오르고 있었다. 진홍색과 칠흑색의 불꽃. 분노와 원한으로 가득한 지옥의 색이었다.

이건 두 냥으로는 어림도 없겠는걸.

햐쿠는 마음속으로 혀를 찼다. 자칫 잘못하면 귀신에 씔지도 몰랐다. 정신을 바짝 차리려고 노력하면서, 햐쿠는 지카에게 물었다.

"이 사람은?"

"내 숙부야. 유고로라고 하는데, 옛날에는 이름 있는 양초 도매상의 주인이었지. 양자로 들인 아들 부부에게 가게를 물려주고 난 뒤, 나고 자란 이 집에 틀어박혀 살았어. 그런데 요즘 완전히 노망이 났지 뭐야. 자기 머리카락을 잡아 뽑기도 하고, 굴러 넘어져서 발톱이 빠지기도 하고. 그럴 때는 정말 힘들었어. 그러다 요즘에는 이렇게 거동을 못하게 되니 왠지 또 불쌍하더라고."

"⋯⋯그런가요."

거짓말이구나. 햐쿠는 지카를 꿰뚫어 보았다. 지카의 말투가 능청스러워서가 아니었다. 지카가 무어라 말할 때마다 이불 옆으로 보이는 불타는 발이 격렬하게 바닥을 굴렀던 것이다. 마치 마룻바닥을 부수기라도 할 듯이. 거짓말, 거짓 말이야, 하고 외치는 목소리마저 들리는 듯했다.

하쿠는 이 모든 것에 진저리가 났다. 그 때문인지 갑자기 요의가 밀려왔다. 하쿠는 지카를 빙글 돌아보았다.

"죄송하지만, 변소가 어딘가요?"

"어? 벼, 변소?"

"네. 창피한 이야기지만, 오는 길에 변소가 없어 들르지 못했거든요."

"……하는 수 없지. 가쓰, 네가 안내해 드리렴."

"싫어. 유우한테 시키면 되잖아?"

"그러네. 유우! 잠깐 와 보거라!"

지카가 부르자 몸집이 작은 소녀가 모습을 드러냈다. 열두 살 정도로 보이는 그 소녀는 피부가 가무잡잡하고 깡말랐으며 손은 온통 부르터 있었다. 하지만 그 눈빛만큼은 강단이 있어 보였다. 이 집에서 겨우 제대로 된 사람을 만났다고 생각한 하쿠는 가만히 한숨을 내쉬었다.

유우라는 아이가 무릎을 꿇었다. 그러고는 가끔씩 안쪽에 누워 있는 유고로 노인을 힐끔거리며 걱정스러운 듯 바라보았다.

"부르셨습니까?"

"그래, 손님을 저기 변소까지 안내해 드리려무나."

"네, 그런데 ……저, 주인님의 상태는?"

"그런 건 알 필요 없다. 넌 시키는 일만 하면 돼."

지카의 무뚝뚝한 대답에 유우는 가여울 정도로 머리를 깊이 숙였다. 더 기다릴 수 없을 정도로 요의가 강해진 햐쿠는 빠른 말투로 상황을 수습했다.

"자자, 아주머니, 그렇게 혼내니까 너무 가엾잖아요. 너, 유우라고 했지? 빨리 변소로 안내해 주면 고맙겠는데."

"아, 네!"

"좋아, 좋아. 고게차마루, 넌 여기 있어. 얌전하게."

고게차마루는 자리보전을 하고 있는 가여운 노인에게서 눈을 떼지 못한 채 고개를 끄덕였다. 그렇게 햐쿠는 불길한 느낌의 발이 있는, 악취로 가득한 방에서 빠져나올 수 있었다.

하지만 숨을 돌리려던 찰나, 흠칫 놀라고 말았다. 그 발이 햐쿠를 따라 나온 것이다. 앞서 걸어가는 유우의 옆에서 천천히 보조를 맞추며 걸어가는 발. 하지만 지금은 그 불꽃색이 달라져 있었다. 가슴이 따뜻해지는 은은한 분홍색이 되어 있는 게 아닌가.

'설마.' 하고 햐쿠는 유우에게 말을 걸었다.

"유우, 너 여기서 일한 지 오래됐니?"

"……이 년째예요."

"그럼 열 살쯤 이 집에 하인으로 들어온 거네? 저 유고로라는 할아버지는 어떤 사람이었어?"

"좋은 분이에요. 저보고 아직 어리니까 그렇게 열심히 일하지 않아도 된다면서 항상 과자를 주셨고…… 또 손녀처럼 귀여워해 주셨어요. 그런데 저 사람들이 온 다음부터는……."

"저 방 안에 있는 모녀 말이야?"

"저 사람들은 역귀나 다름없어요!"

오랫동안 꾹꾹 눌러 참았던 것이 터져 버린 듯, 유우는 거침없이 말을 쏟아 냈다.

"남편한테 이혼당하고 집에서 쫓겨났다면서 주인님한테 울며불며 매달렸어요. 다정하신 주인님은 걱정 말라면서 집에 들이셨고요. 그, 그랬더니 저 두 사람이 마음대로 활개를 치고 다니면서 다 엉망진창으로 만들어 버렸어요!"

저들은 멋대로 손궤짝에서 돈을 꺼내 가기도 하고, 유고로가 아끼는 값비싼 향로와 외국산 항아리를 팔아 치우기도 했단다.

지카 모녀의 행태가 마음을 무겁게 짓누른 것이었을까? 그 무렵부터 유고로의 상태가 이상해졌다고 한다. 유우를 때때로 다른 이름으로 부르거나, 저녁 식사를 마친 뒤에도 "밥은 아직인가?"라고 재촉하는 일이 몇 번이나 있었다고 한다.

나쁜 일은 한꺼번에 일어나는 법이다. 어느 날, 마당을 산책하던 유고로는 발이 미끄러져 넘어지면서 정원석에 허리를 세게 부딪치고 말았다. 얼마나 세게 부딪쳤는지 그때부터 자리에서 일어나지 못하게 된 것이다.

하지만 지카 모녀는 의사를 부르기는커녕 유고로를 창고에 가두어 버렸다. 스스로 대소변을 가리지 못하게 된 유고로를 가쓰가 질색했기 때문이다.

유우는 지카로부터 유고로를 돌보라는 명령을 받았다. 유우는 자신에게 은혜를 베풀어 준 주인님을 너무나 간절하게 돕고 싶었지만 그 방법을 알 수 없었다. 그저 주인님을 위해 정성을 다해 식사를 차리고 대소변을 깨끗하게 치워 주는 정도밖에 할 수 없었다.

이후에도 유고로의 치매 증상은 점점 더 심해졌지만, 가끔 제정신이 돌아올 때도 있었다. 그럴 때는 유우의 얼굴을 빤히 바라보며 똑같은 말을 계속 중얼거렸다고 한다.

"이 집에는 보물이 숨겨져 있어. 알겠니? 보물 말이야. 내가 숨겨 뒀지. 이 집에는 보물이 있어."

보물이 어디에 있는지 유우는 몇 번이나 되물었다. 그 보물을 손에 넣으면 유고로를 데리고 이 집에서 도망칠 수 있다고 생각했기 때문이다. 하지만 유고로는 정작 그 중요한 장소를 잊어버렸고 아무리 애를 써 봐도 기억해 내지 못했다. 거기까지 이야기를 들은 햐쿠는 알겠다며 고개를 끄덕였다.

"잘 알겠어. 저 아주머니가 찾아 달라는 건 결국 보물이 숨겨진 장소겠네. 치매에 걸린 할아버지의 기억을 헤집어서 그 장소를 알아내라, 그런 말이겠지?"

"맞아요. 어느 날 주인님과 제가 나누던 대화를 가쓰 아가씨가 엿들은 바람에……. 그 뒤로 주인님은 더 지독한 꼴을 당하게 됐어요. 보물은 어디 있냐고, 빨리 말하라면서."

비밀을 알게 된 모녀는 유고로에게 물을 끼얹고 방치하거나 심지어는 발톱을 뽑기도 하면서 노인을 계속 몰아붙였다고 한다.

치매에 걸린 데다 이미 약해질 대로 약해진 노인의 몸으로는 그런 고문을 당해 낼 수 없었다. 결국 보물이 숨겨진 장소를 떠올리지도 못한 채, 유고로는 그야말로 살아 있는 시체가 되고 만 것이다.

이렇게 되자 지카와 가쓰는 초조해졌다. 두 사람은 이미 유고로가 가진 돈을 다 탕진했기에 어떻게든 숨겨진 보물을 찾아 손에 넣어야 했다. 그리고 어디서 들었는지, 분실물 가게 햐쿠의 존재를 알고 그녀에게 연통을 넣은 것이다.

이야기를 마치자 유우는 필사적인 얼굴로 햐쿠에게 다가

섰다.

"부탁드려요. 이 일, 거절해 주세요! 저 사람들이 보물을 찾게 되면 그때야말로 주인님을 죽이고 말 거예요!"

"잠깐, 잠깐. 죽이다니, 그런 심한 말을."

"정말이에요! 저 사람들이라면 정말로 그럴 거라고요!"

"진정해. 미안하지만 내게도 밥줄이 걸린 문제라서 말이야. 이 일을 거절할 수는 없어. 그보다 빨리 변소로 좀 안내해 줄래? 이젠 정말 쌀 것 같아."

"……."

분노와 경멸이 담긴 그 눈빛은, 어린아이의 것이라고 믿을 수 없을 만큼 날카로웠다. 유우는 입을 꾹 다문 채 다시 조용히 걸어갔다. 옆에 있는 발 역시 조용히 족적을 남기고 있었다.

겨우 변소에 도착하자, 유우는 쌀쌀맞게 내뱉었다.

"여기예요. 혼자서 돌아올 수 있죠?"

"어, 고마워."

"……."

원망스러운 눈길을 남긴 채 유우는 자리를 떠났다. 하지만 그 발은 떠나지 않았다. 웬걸, 햐쿠가 변소 문을 열자 먼저 안으로 들어가 버리는 것이 아닌가.

"잠깐, 나 좀 봐 주라."

햐쿠는 신음을 흘리며 뒤따라 들어갔다. 차라리 안대를 풀어서 쫓아 버릴까 생각하던 찰나 햐쿠는 흠칫 놀랐다. 이번에는 변소 벽에 손이 비죽 튀어나왔다. 손은 끈적끈적하고 거무스름한 얼룩을 남기며 위로 기어오르더니 천장 널빤지 부근에서 사라졌다.

흐음, 하고 햐쿠는 한숨을 쉬었다. 먼저 볼일을 볼지, 아니면 천장 뒤쪽을 조사할지 잠시 고민한 것이었다.

햐쿠가 변소에서 돌아오자, 지카와 가쓰가 초조한 목소리로 쏘아붙였다.

"늦었잖아!"

"언제까지 우리를 이 냄새나는 방에서 기다리게 만들 셈이야?"

"아, 죄송합니다. 바로 시작할게요. 그래서…… 찾아 달라는 기억이란 게 뭔가요?"

햐쿠의 예상대로 지카는 "유고로가 보물을 숨긴 장소"라고 대답했다.

"옛날부터 숙부는 내게 자신이 숨겨 둔 보물을 주겠다고 몇 번이나 말했지. 그런데 기억이 흐려져서 숨긴 장소를 잊어버렸지 뭐야. 딱히 돈이 필요한 건 아니지만, 이 집에 무언가가 숨겨져 있다고 생각하니 아무래도 불안해서."

지카는 조신한 척 말했지만, 그 눈빛 속 욕망은 결코 숨길 수 없었다.

"그래서, 어때? 숙부의 기억을 찾을 수 있겠어?"

"뭐든 찾을 수 있다고 떵떵거렸잖아. 그러니까 당연히 할 수 있겠지?"

지카뿐만 아니라 가쓰까지 비열한 말투로 끼어들었다. 한심한 모녀라고 마음속으로 혀를 차면서 햐쿠는 빙긋 웃어 보였다.

"숙부님의 흐려진 기억 속을 찾아 헤매는 것보다 더 좋은 방법이 있어요. 어쨌든 숨겨진 보물만 찾으면 되는 거죠?"

"맞아. ……찾을 수 있다는 뜻이로군?"

"네, 그럼 바로 찾아보죠."

햐쿠는 두건을 벗고 조용히 안대를 풀었다. 그녀의 푸른 왼쪽 눈이 드러나자 지카와 가쓰는 히익, 하고 움직임을 멈췄다. 가쓰는 심지어 "우와, 기분 나빠!" 하고 중얼거리기까지 했다.

고게차마루가 분개한 듯 몸을 부풀렸다. 햐쿠는 진정하라는 듯 고게차마루를 향해 가볍게 손을 흔들어 보였다. 무례한 여자아이의 말 한마디에 이제 와서 상처받을 햐쿠가 아니었다. 이보다 훨씬 심한 말도 수천만 번 들어 왔으니까. 그보다 빨리 일을 끝내고 이 집에서 나가고 싶었다.

햐쿠는 방 안을 다시금 둘러보았다. 지금 햐쿠는 두 가지 세계를 동시에 보고 있었다. 한쪽은 평소에 보는 세계와 다름이 없었다. 하지만 다른 한쪽, 왼쪽 눈으로 바라보는 세계는 모든 것이 파랗게 물들어 보였다. 사람도 벽도 바닥도, 저마다 명암이 다른 파란색으로 채색되어 있었다.

이렇게 전부 파랑으로 보이는 세상에서는 파랑이 아닌 색이 눈에 띄기도 한다. 이를테면, 지카와 가쓰 모녀에게서는 독살스러운 노란색 불꽃이 '돈'이라는 글자를 그리면서 치솟고 있었다. 고게차마루는 솜털처럼 부드러워 보이는 흰빛으로 감싸여 있었다.

그리고 누워 있는 유고로 노인 주변에는 아무런 빛도 없었다. 빛은커녕 이불 너머로 비쳐 보이는 손발이 점차 검푸르게 변해 가고 있는 것이 보였다. 이 노인은 곧 죽는다. 아니, 진작에 죽었더라도 이상하지 않았다. 하지만 아직 끈질기게 생명 줄을 붙들고 있었다. 망가질 대로 망가진 몸에 매달려 필사적으로 죽음을 미루고 있었던 것이다.

대체 뭘 위해서일까.

햐쿠의 눈길이 지카 옆으로 향했다. 이제는 유고로의 영혼이 확실하게 보였다. 붉은색과 검은색 화염 속에서 눈만 하얗게 번뜩이며 지카 모녀를 노려보고 있었다. 섬뜩할 정도로 증오스러운 눈길이었다. 이건 생령이라기보다 원령에 가까울 것이다.

피부에 오소소 소름이 돋는 것을 느끼며 햐쿠는 최대한 조용히 물었다.

"유고로 씨, 보물을 어디에 숨겨 두었는지 기억나셨나요?"

유고로가 눈알을 도르륵 굴리더니 햐쿠를 노려보았다. 하지만 햐쿠는 기죽지 않았다.

"보물 말이에요, 유고로 씨. 이 두 사람에게 주겠다던 보물이 집 안에 있죠? 어디에 있는지 알려 주세요. 지카 씨에게 준다고 했던 것 말이에요. 자, 생각나셨죠?"

햐쿠는 한 마디 한 마디에 힘을 실어 말을 걸었다. 지카 모녀는 기분 나쁘다는 듯이 방구석으로 도망가 있었지만, 그쪽으로는 눈길도 주지 않았다. 햐쿠가 상대해야 하는 건 유고로 단 한 사람뿐이었다.

햐쿠의 끈질긴 물음에 마침내 유고로는 이해했다는 뜻을 내비쳤다. 노인은 히죽 웃더니 방 밖으로 걸어 나갔다.

"이쪽이라고 하네요."

햐쿠는 즉시 유고로의 뒤를 따라갔다. 다른 사람들도 황급히 뒤를 쫓았다. 소리도 없이 걸어가는 유고로의 생령. 그 몸에서는 흰 실이 뻗어 나와 있었다. 좁고 추운 창고 방에 누워 있는 몸과 연결되어 있는 실, 탯줄처럼 육체와 영혼을 잇는 생명의 끈이다. 하지만 그 실은 너무나도 가늘어서 당장이라도 끊어져 버릴 것만 같았다.

'부탁이니 조금만 더 버텨 줘.' 하고 햐쿠는 마음을 졸였다. 여기서 생명의 끈이 끊어진다면 유고로는 틀림없이 원령으로 변할 것이다. 제아무리 햐쿠라도 그 정도로 강한 원한을 가진 악령을 상대하기는 역부족이었다. 가능하면 상대하고 싶지 않았다.

이윽고 작은 마당에 이른 유고로가 걸음을 멈췄다. 작은 마당 안쪽에는 커다란 벚나무 한 그루가 자라 있었다. 유고로는 그 나무의 둥치를 똑바로 가리켰다.

"저 벚나무 아래에 무언가가 묻혀 있는 모양이에요."

햐쿠가 그렇게 말하자 지카 모녀의 눈빛이 바뀌더니 유우를 불렀다. 주춤거리며 나타난 유우를 향해 모녀는 침을 튀겨 가며 쏘아붙였다.

"야, 너, 지금 당장 괭이를 가져와. 그리고 여기 흙을 파!"

"빨리!"

원망스러운 눈길로 햐쿠를 바라본 뒤, 유우는 모녀가 시키는 대로 괭이를 가져와서 딱딱한 땅을 파헤치기 시작했다. 유우 혼자서 하기에는 너무 가혹한 일이라고 생각했는지, 고게차마루가 말없이 돕기 시작했다.

하지만 햐쿠는 돕지 않았다. 옆에 있는 유고로에게서 눈을 뗄 수가 없었기 때문이다. 생명의 끈이 점점 더 가늘어져 가고 있었다.

빨리, 서둘러. 저게 끊어지기 전에 유고로가 바라는 것을 들어줘야 해.

가을 하늘 아래, 식은땀을 흘리며 햐쿠는 꼼짝 않고 서 있었다.

이윽고 유우와 고게차마루가 작은 상자 하나를 찾아냈다. 붉은색으로 옻칠이 된 상자는 은색 끈으로 단단히 묶여 있었다.

"그거구나! 진짜 있었어!"

"어, 어서 이리 줘! 자, 빨리 내놔!"

지카와 가쓰는 생선을 향해 덤벼드는 길고양이들처럼 상자에 달려들었다. 둘은 끈의 매듭을 쥐어뜯듯이 풀더니 상자 뚜껑을 벌컥 열었다. 그 순간, 두 사람의 움직임이 멎었다.

"어?"

"뭐야, 이게?"

햐쿠 그리고 고게차마루와 유우도 상자 속을 들여다보았다. 안에 들어 있는 것은 작고 흰 도마뱀이었다. 잠들었는지 눈을 감은 채 가만히 있었다.

하지만 지카가 상자를 흔들자 도마뱀이 눈을 번쩍 떴다. 그와 동시에 드러난 눈은 피처럼 새빨갰다. 다음 순간, 도마뱀은 번개처럼 잽싸게 상자에서 빠져나갔다.

"꺄아아아아악!"

"싫어어어!"

모녀는 혼비백산해서 상자를 내던지고는 동시에 쿵, 하고 엉덩방아를 찧었다. 도마뱀은 그 몸을 지나쳐 재빠르게 마당 어딘가로 사라져 버렸다. 유우가 풋, 하고 웃음을 터뜨렸고 고게차마루도 따라서 킥킥 웃었다. 그러나 햐쿠는 웃지 않았다. 왜냐하면 바로 옆에서 유고로가 웃고 있었기 때문이다.

유고로는 껄껄 웃으며 바닥을 뒹굴고 있었다. 꼴좋다는 듯 사악한 웃음을 띤 채, 배를 잡고 몸을 흔들고 있었다. 그런 그의 몸에 더 이상 생명의 끈은 보이지 않았다.

벌써 끊어져 버렸나?

햐쿠가 마음속으로 중얼거렸다. 그와 동시에 지카와 가쓰가 분노에 가득 찬 얼굴로 일어섰다.

"뭘 웃고 있는 거야!"

가쓰가 유우를 후려쳤다. 하지만 엄마인 지카의 분노는 바로 햐쿠를 향했다.

"대체 어떻게 된 거야! 보, 보물이 아니었잖아! 도마뱀이라니, 기분 나쁘게!"

"글쎄요, 저도 잘 모르겠네요."

햐쿠는 짐짓 시치미를 뗐다.

"저는 그저 저 할아버지의 기억대로 숨겨진 것을 찾았을 뿐이에요. 내용물이 무엇인지는 저로서도 알 수 없으니까요. 그보다 확실하게 찾아 드렸으니 이제 대금을 치르셔야지요."

"농담하지 마! 누가 돈을 낸대! 썩 꺼져! 지금 당장 여기서 나가!"

"아까랑 이야기가 다르잖아요!"

"시끄러워! 꺼지라니까, 이 괴물아!"

머리가 흐트러지는 것도 모른 채 고함을 질러 대는 지카를 향해 가쓰가 말했다.

"엄마, 이참에 유우도 나가라고 해! 이런 굼뜬 아이는 이제 필요 없잖아!"

"아아, 그렇지. 유우, 너도 나가. 넌 해고야. 이 여자랑 같이 꺼져 버려!"

유우의 얼굴빛이 창백해졌다.

"하, 하지만, 주인님의 시중은……."

"그런 망할 노친네 따위, 더 이상 시중들 필요도 없어. 그 노친네에게 필요한 건 관짝뿐이야. 아아, 열받아! 너희들, 지금 당장 꺼지지 않으면 사람을 부를 거야!"

두 모녀가 바락바락 악을 쓰자, 햐쿠는 입을 다물고 고개를 움츠렸다.

"아아, 네네. 알겠어요, 나갈게요. 당신들처럼 쩨쩨한 사람한테서는 한 푼도 받고 싶지 않네요. 유우, 우리랑 같이 가자. 자, 이리 오라니까."

햐쿠는 유우의 목덜미를 붙잡고 거칠게 마당을 빠져나와 집을 나섰다. 하지만 집을 빠져나오는 동안에도 유우는 거세게 저항했다.

"이거 놔! 이거 놓으라고요! 주인님이…… 아직 저 집에는 주인님이 계신데!"

"네 주인은 죽었어. 방금 전에."

"네?"

유우의 움직임이 멎었다. 뒤따라온 고게차마루도 깜짝 놀란 듯 눈이 휘둥그레졌다.

"햐, 햐쿠 씨, 그게 정말이에요?"

"그래, 정말이야. 고게차마루는 눈치채지 못했나? 그 할아버지의 생령이 사령으로 변한 걸?"

"켁! 새, 생령이 있었다고요?"

"그래, 네 바로 옆에."

"끄악!"

"뭐야, 네가 무서워하면 어쩌자는 거야?"

"인간의 혼령은 싫다고요! 무, 무섭단 말이에요!"

몸을 부르르 떠는 고게차마루를 보고 햐쿠는 웃음을 터뜨리고 말았다. 하지만 그러는 동안에도 유우는 그저 꼼짝

하지 않고 가만히 서 있었다. 어느새 유우의 두 눈에 눈물이
차오르기 시작했다.

"그럼…… 주인님은, 돌아가신 거예요? 저, 정말로?"

"그래, 안타깝지만 어쩔 수 없지. 애초에 살아 있는 게 이
상할 정도의 상태였으니까."

유우의 눈이 확 치켜 올라갔다.

"이, 이게 다 그 두 사람 때문이야! 주인님은, 사, 살해당한
거나 마찬가지예요! 말할 거야! 관청에 가서 다 말할 거야!
저 두 사람이 주인님에게 몹쓸 짓을 했다고!"

"그만둬."

씩씩거리며 발을 동동 구르는 소녀에게 햐쿠는 냉정한 목
소리로 말했다.

"네가 관청에 가서 사실대로 말해 봤자 저 두 사람은 온
갖 꾀를 내고 뺀질거리면서 취조를 피할 거야. 자칫하면 너
를 범인으로 몰아세울지도 모르지. 그런 꼴을 당하지 않기
위해서라도 두 번 다시 저 집과 두 사람은 가까이하지 않는
게 좋아."

입술을 꾹 깨무는 유우를 감싸 주고 싶었는지, 고게차마
루가 앞으로 나섰다.

"하지만 햐쿠 씨, 이대로 넘어가는 건 말도 안 돼요. 유우
말대로 할아버지가 돌아가신 건 분명 저 두 사람 탓이잖아

요. 그런데도 손 놓고 있을 셈이에요?"

"그래, 손 놓고 있을 거야. 우리까지 나설 필요가 없으니까. 유고로 씨 스스로 알아서 잘 복수했거든."

"네?"

"무, 무슨 말이에요, 그게?"

햐쿠는 눈을 동그랗게 뜬 고게차마루와 유우를 바라보았다. 각각 색이 다른 그녀의 두 눈이 맑게 빛나고 있었다.

"유고로 씨의 기억 속 보물, 그러니까 우리가 찾아낸 그 붉은 상자. 그건 말이지, 저 집의 수호신을 봉해 놓은 거였어. 유고로 씨의 아버지인가 할아버지인가가 저 집을 지었을 때, 집안의 안전을 기원하며 벚나무 밑에 수호신을 묻어 둔 거야."

"왜 그런 짓을……?"

"일종의 주술이야. 수호신이 머무는 집은 절대로 망하지 않으니까. 유고로 씨는 그 사실을 알고 있었어. 저곳에 상자가 있다는 것도 기억하고 있었지. 그래서 저 두 사람이 상자를 열도록 만든 거야."

하지만 그 주술은 결코 좋은 것이 아니었다. 신이라는 존재를 받들어 모시는 게 아니라 주술의 힘으로 집 안에 묶어 두는 것이니까. 따라서 신이 없어졌을 때의 반동은 더욱 크고 격렬해진다.

"유고로 씨의 바람대로 저 바보 같은 두 사람이 그 주술을 풀고 만 거지. ······수호신이 도망친 집에는 즉시 재앙이 들이닥치게 돼. 어디 한번 지켜봐. 조만간 저 두 사람에게 어떤 벌이 내려지게 되는지."

"······믿을 수 없어요."

"흥, 고집 센 꼬맹이네. 그럼 네 눈으로 직접 확인해 봐."

햐쿠는 말을 마치자마자 유우의 손을 잡았다. 내친김에 고게차마루의 손도 함께.

그 순간 유우와 고게차마루가 펄쩍 뛰었다.

"까악!"

"으아악!"

두 사람의 눈에 비친 것은 유고로의 모습이었다. 몸은 창백하고 두 발은 살짝 공중에 떠 있었다. 그 벌겋고 시꺼멓던 불꽃은 사라졌지만 몸 여기저기에 거무튀튀한 얼룩이 점점이 남아 있었다.

"흐······ 응······."

고게차마루가 이상한 소리를 내더니 몸에 힘이 쑥 빠진 듯 그 자리에 쓰러졌다. 정신을 잃은 것이다. 이 녀석은 자기도 요괴인 주제에 왜 이리 한심한지. 햐쿠는 어이없어하며 고게차마루의 손을 놓았다.

한편, 유우는 눈물을 머금었다.

"주인님…… 저, 정말로 돌아가셨군요."

유고로의 몸을 둘러싼 창백한 빛이 은은한 분홍빛으로 바뀌었다. 유우를 바라보는 유고로의 눈길은 조금 전과는 정반대로 한없이 다정했다. 햐쿠가 말을 걸었다.

"만족하셨나요?"

유고로가 빙그레 웃었다. 하지만 고개를 끄덕이지는 않았다. 아직 햐쿠에게 무언가 바라는 일이 하나 더 남아 있었기 때문이다.

"알아요. 그걸 전해 주라는 말이죠? 정말 요구가 많은 할아버지라니까."

햐쿠는 투덜거리면서 품속에서 작은 주머니를 꺼낸 뒤 유우에게 건네주었다.

"자, 할아버지가 네게 주는 거야."

"네?"

"변소 천장 안에 숨겨져 있었어. 유고로 씨가 알려 줘서 내가 맡아 두고 있었지. 이게 진짜 보물이야. 그리고 이건 널 위한 거야."

"저, 저요?"

"아아, 정말! 답답하네. 잠깐 눈을 감아 봐. 내가 본 걸 네게도 보여 줄 테니까."

햐쿠가 시키는 대로 유우는 눈을 감았다. 햐쿠는 유우의 눈 위에 손을 올리고는 자신이 본 것을 떠올렸다. 순간 유우의 몸이 움찔 흔들렸다.

"앗!"

"보였어?"

"앗, 네, 주인님이…… 보, 보여요!"

유우가 보고 있는 것은 건강하던 시절의 유고로였다. 근심이 가득한 얼굴로, 손에는 작은 주머니를 들고 있다. 그리고 뭔가 중얼거리는 소리도 들려왔다.

"요즘 아무래도 수중의 돈이 사라지고 있는 기분이 들어. 가족을 의심하고 싶지는 않지만, 지카 아니면 가쓰의 짓 아닐까? ……저들을 집에 들인 게 잘못이었나. 가쓰는 유우에게도 못되게 구는 것 같던데. ……아무튼 이것만큼은 저들이 눈치채지 못하게 숨겨야 해. 유우가 혼인할 때가 되면 혼수는 내가 해 줄 거니까. 그렇게 결심했으니까."

그렇게 중얼거리면서 유고로는 변소 안으로 들어가 천장 속에 주머니를 숨겼던 것이다.

햐쿠는 유우의 눈 위에 올려 두었던 손을 뗐다.

"이제 알겠지? 눈 떠도 돼."

유우는 꿈이라도 꾼 듯한 표정으로 눈을 떴다.

"방금…… 주인님이었어……."

"그래, 그건 과거의 모습이야. 네 주인은 지카 모녀가 훔쳐 가지 않도록 변소 천장에 돈을 숨겼지. 그래서 네게 몇 번이나 알려 주려고 한 거야. 너를 위한 보물이 있다, 찾아라, 찾아서 행복해져라, 하고 말이지."

"주, 주인님!"

유우는 으앙, 하고 울음을 터뜨리며 유고로를 향해 무릎을 꿇었다.

"저는 이런 걸 받을 자격이 없어요. 주인님을 구해 드리지 못해 죄송해요! 정말 죄송해요!"

유우의 눈에서 흘러넘치는 눈물이 유고로의 몸에 남아 있는 검푸른 원한의 얼룩을 씻겨 내렸다. 이윽고 따뜻한 색이 점차 넓게 번져 가기 시작했다. 그걸 지켜보던 햐쿠는 유고로에게 말을 걸었다.

"이 아이는 괜찮을 거야. ……그리고 당신은 이제 떠나는 게 좋겠어. 지금의 따스한 마음을 간직한 채로, 빛이 비추는 곳으로 떠나."

유고로는 미소를 지었다. 석가모니처럼 자애로운 미소였다. 그러고는 그 모습이 옅어지다 이내 완전히 사라졌다. 햐쿠의 푸른 눈으로도 찾을 수 없는 곳으로 떠나간 것이다.

햐쿠는 후우, 하고 한숨을 내쉬고는 그때까지 쥐고 있던 유우의 손을 놓았다. 울고 있던 유우가 퍼뜩 고개를 들었다.

"주, 주인님?"

"이미 떠났어."

햐쿠가 안대를 다시 채우며 말했다.

"다행히 원령으로 변하지 않고 깨끗한 영혼인 상태로 떠날 수 있었어. 네 덕분이지. 그러니까 이제 울지 마. 넌 최선을 다해 끝까지 할아버지를 모셨으니까. 그보다 네 주인한테 받은 걸 확인해 보는 게 어때?"

"아, 네……."

유우가 주머니를 열어 보니 안에는 금화가 열다섯 냥이나 들어 있었다.

"이, 이렇게나……."

"오호, 이 중에 두 냥은 내가 가져갈게. 그만큼의 일은 했으니까 말이야."

햐쿠는 잽싸게 두 냥을 꺼내서는 품속에 넣었다. 유우는 아무 말도 하지 않았다.

"그럼 넌 이제 어떻게 할 거야? 고향 집으로 돌아가도 돼. 만약 돌아갈 집이 없다면 도키와초에 사는 기쿠라는 할머니를 찾아가 봐. 그 할머니가 중개업을 하거든. 욕심쟁이지만 사람 보는 눈은 정확해. 두 푼만 내면 좋은 일자리를 소개해 줄 테고, 그전까지는 자기 집 이 층에서 지내게 해 줄 거야."

"고, 고맙습니다, 햐쿠 씨."

"인사는 넣어 둬. 널 위해 한 일이 아니니까. 돈을 벌기 위해 한 일인데 감사 인사를 받을 순 없지. 자자, 빨리 가. 후딱 가 버려."

통명스럽게 손을 흔드는 햐쿠에게, 유우는 처음으로 웃어 보였다. 다시 한번 머리를 깊이 숙인 다음, 유우는 종종걸음으로 떠나갔다.

그 모습을 끝까지 지켜본 햐쿠는 기절한 채 쓰러져 있는 고게차마루의 볼을 찰싹찰싹 때렸다.

"야, 너구리, 언제까지 누워 있을 셈이야? 얼른 일어나."

"으, 으……응. 아, 앗, 햐쿠 씨."

"태평하기는. 고작 유령 좀 본 것 가지고 기절이나 하고, 창피하지도 않아?"

"그게…… 갑자기 나타나니까 놀라서 그랬죠."

"한심하긴. 뭐, 됐어. 이제 할 일은 다 끝났으니까 빨리 집에 가자."

고게차마루가 눈을 번쩍 떴다.

"……집에 같이 돌아가도 돼요? 그렇다면, 이제 함께 살아도 된다는 말이죠?"

"착각하지 마. 너는 나름대로 쓸모가 있어 보여서 하인으로 부려 먹겠다는 것뿐이니까. 아무튼 돌아가면 뭔가 따뜻한 음식 좀 만들어 봐. 그리고 달걀술도. 생강이랑 설탕을 듬뿍 넣어서."

"아니, 감기라도 걸린 거예요?"

"힘을 좀 많이 썼거든. 너랑 유우한테도 유고로 씨를 보여
줬잖아? 그렇게 힘을 많이 쓰면 피가 빠져나간 것처럼 추워
서 견딜 수 없거든. 그래서, 네 대답은? 따뜻한 음식 만들 수
있지?"

"마, 만들게요! 우동이든 죽이든! 햐쿠 씨가 먹고 싶은 거
라면 뭐든지 만들게요!"

"우동이 좋겠군. 튀김 조각도 듬뿍 넣어 줘."

"네! 고마워요, 햐쿠 씨!"

"요 녀석! 들러붙지 마!"

그렇게 투덜대면서도 햐쿠의 입가에는 희미한 미소가 걸
려 있었다.

이렇게 해서 분실물 가게 햐쿠의 집에 군식구 한 마리가
머물게 되었다.

3

"햐쿠 씨, 이게 대체 어떻게 된 거예요?"

고게차마루가 눈을 치켜뜨고 햐쿠를 몰아붙였다. 팔에는 일전의 천 냥 상자가 들려 있었다.

햐쿠는 시치미를 뗐다.

"어떻게 되긴, 뭐가 말이야?"

"돈 말이에요! 요, 요전에 받은 돈은 어디 간 거예요? 유우한테 받은 두 냥 중에 한 냥은 이 상자에 넣었는데! 그럼 열세 냥이 있어야 하는데 열한 냥밖에 없어요! 늘어나기는 커녕 오히려 줄었잖아요!"

"아아, 여기저기 술집 외상값을 갚는 데 썼지. 그리고 새 술도 사고."

"술 좀 줄이세요! 이래서야 어느 세월에 천 냥 상자를 가득 채우겠어요!"

"거참, 시끄럽네. 네가 내 마누라라도 돼? 아침부터 땍땍거리긴. 이 정도쯤은 괜찮아. 어제부터 계속 비가 내렸잖아? 가을비가 오면 우울해진다고. 게다가 손님도 없으니 아침부터 술이 당기는 게 당연하지."

"앗, 안 돼요! 이 틈에 또 술을 마시려고 하다니요!"

"앗, 돌려줘! 이 녀석!"

"아, 안 돼요!"

햐쿠는 도깨비 같은 얼굴을 하고서 술병을 끌어안은 채 도망치는 고게차마루를 쫓아갔다. 결국 햐쿠가 고게차마루를 따라잡았다.

그러나 그 순간, 고게차마루가 술병을 끌어안고 천장의 대들보로 홀쩍 뛰어오르는 게 아닌가. 그 놀랍도록 가벼운 몸놀림에 햐쿠는 순간적으로 감탄했지만, 금세 정신을 차리고는 눈썹을 있는 대로 치켜올렸다.

"썩 내려와, 이 망할 너구리 녀석!"

"시, 싫어요! 이 술을 돌려받고 싶으면 빨리 두 냥 이상 돈을 벌어 오세요!"

"요 녀석! 진짜 건방지네! 얹혀사는 주제에 집주인한테 대드는 거야?"

"어, 얹혀산다니요! 제대로 일하고 있잖아요!"

실제로 고게차마루는 열심히 일했다. 햐쿠의 집에서 살게
된 지도 어느덧 열흘 정도 흘렀는데 식사 준비와 청소, 잡다
한 장보기는 물론, 아무렇게나 펼쳐 둔 햐쿠의 이불을 잘 털
어서 햇볕에 말리는 등 부지런히 일했다.

덕분에 먼지투성이였던 방은 몰라볼 정도로 깨끗하고 기
분 좋게 바뀌었다. 술만 마셔 대서 상태가 별로 좋지 않았던
햐쿠의 몸도 규칙적이고 제대로 된 식사에 조금씩 좋아지
고 있었다.

하지만 그렇다고 해서 저 너구리 요괴한테 "돈을 더 벌어
오세요."라든지 "술값이 너무 많이 나가요."라든지 시끄러운
잔소리를 듣는 건 사양이었다. 여기 있어도 된다고 하는 게
아니었다며, 하루에도 몇 번씩 후회하는 햐쿠였다. 게다가
지금은 자신이 제일 좋아하는 술을 빼앗겨서 제법 짜증이
나 있었다.

"젠장! 나 진짜 화났어! 애초에 군식구인 네가 왜 내 돈에
대해 상관하는 건데! 낭비하든 말든, 내 돈을 쓰는 건 내 맘
이잖아? 네가 무슨 상관이야!"

"사, 상관있어요. 어찌 됐든 저는 이 집의 부엌을 책임지
게 되었다고요. 부엌을 책임진다는 건 가계도 책임진다는
뜻이니까 잔소리를 하는 건 당연해요!"

"에잇! 요 입만 살아 있는 너구리 같으니! 빗자루로 때려서 떨어뜨려 줄 테다!"

햐쿠가 빗자루를 확 움켜쥐었을 때 똑똑, 하고 가볍게 문을 두드리는 소리가 들렸다. 그 소리에 햐쿠와 고게차마루는 움직임을 멈췄다. 조금 전까지 벌어졌던 소동은 모두 잊은 듯했다. 고게차마루는 눈을 반짝이며 즉시 대들보에서 뛰어 내려왔다.

"빨리, 빨리! 소, 손님이에요! 의뢰일지도 몰라요."

"알아, 너는 빨리 그 꼬리나 숨겨."

"앗, 네!"

하쿠는 흐트러진 머리카락을 손으로 재빨리 정리하며 문을 열었다. 그러고는 곧 실망스런 표정을 지었다. 같은 공동 주택에 살고 있는 도주로가 바깥에 서 있었기 때문이다.

"뭐야, 너였어?"

"아주 정중한 인사로군, 햐쿠."

힘 있고 아름다운 목소리와 잘 어울리게, 도주로는 꽤 잘생긴 미남이었다. 훤칠한 키, 배우처럼 말끔한 생김새를 가진 그에게서는 매력이 흘러넘쳤다. 또한 길게 흘러내린 머리카락은 샘이 날 정도로 풍성해서 그의 매끈하고 하얀 살결과 잘 어울렸다.

그는 팔에 커다란 여자 인형을 안고 있었다. 거의 인간과 다름없는 크기였으므로, 멀리서 보면 도주로가 여자를 바짝 끌어안고 있는 것처럼 보일 정도였다.

실제로 도주로는 무척 사랑스럽다는 듯 인형을 안고 있었다. 게다가 비에 젖지 않도록 우산까지 씌워 준 채였다. 그러느라 그의 몸이 온통 비에 젖고 말았는데 그 모습 또한 매력적이었다. 물 찬 제비 같달까. 힐끔 인형을 본 햐쿠는 얼굴을 찌푸렸다.

"또 새로운 인형이야?"

"맞아, 우리 소중한 공주님이지. 사흘 전부터 같이 지내기 시작했어. 잠시도 나랑 떨어지기 싫어하는 것 같아서 이렇게 데리고 왔지."

달그락달그락.

도주로가 살짝 움직여서인지, 인형은 묘하게 생기 있는 모습으로 고개를 갸웃하며 햐쿠를 빤히 바라보고 있는 것 같았다. 마치 살아 있는 듯한 그 모습에 햐쿠의 뒤에 있던 고게차마루가 한순간 숨을 멈출 정도였다. 그런 고게차마루를 본 도주로가 살며시 미소 지었다.

"아아, 정말이었구나. 난공불락의 햐쿠가 끝내 남자와 살림을 차렸다는 소문이 공동주택 전체에 파다하더군. 그런데…… 남자라고 하기에는 좀 많이 어린데. 어떻게 된 거야, 저 아이는?"

"어쩌다 주웠어. 그보다 무슨 용건이야, 도주로?"

햐쿠의 퉁명스러운 말투에도 도주로는 화를 내지 않았다. 그는 인형의 볼을 쓰다듬으며 부탁이 있다고 조용히 말을 꺼냈다.

"어제 어떤 아가씨를 발견했거든. 엉엉 우는 그 모습이 어찌나 가엾던지. 하지만 지금 나는 이 공주님을 돌보기도 벅차서, 안타깝지만 그 아가씨를 상대해 줄 시간이 없어. 그래서 네게 부탁하러 왔어. 오늘밤 그 아가씨가 여기를 찾아올 거야. 그럼 네가 대신 이야기를 들어 줘."

"싫어, 사양할게."

햐쿠는 쌀쌀맞게 거질했다.

"네가 그런 식으로 데려오는 아가씨들은 죄다 돈이 안 되잖아. 시간 낭비야. 내가 무료 봉사를 제일 싫어한다는 건 잘 알고 있을 텐데."

"하지만 이번에는 정말로 돈이 될지도 모른다고. 부탁 좀 할게. 이 은혜는 두고두고 잊지 않을 테니까. 응?"

"그런 추파는 다른 여자들한테나 보내시지. 나한테는 소용없으니까."

"……전부터 생각했는데, 너 진짜 여자 맞아?"

자못 수상하다는 듯이 말하던 도주로는 순간 당황한 얼굴로 인형에게 가까이 대고 말했다.

"뭘 질투하고 그래. 내게 소중한 여자는 너뿐이야. 그래, 그래, 물론이지. 용건은 끝났어. 이제 돌아가자. 햐쿠, 부탁 좀 할게."

"까불지 마! 누가 네 부탁을 들어준대?"

"하지만 이미 네 집을 알려 줘 버렸는걸. 그 아가씨는 오늘 밤 반드시 널 찾아올 거야. 가여운 아가씨니까 너무 매정하게 굴지는 마."

도주로는 그렇게 말하고 난 뒤 인형과 함께 빗속으로 사라졌다.

햐쿠는 쾅, 하고 거칠게 문을 닫았다. 그 얼굴은 불쾌감으로 가득 차 있었다. 하지만 고게차마루는 아직 멍한 상태였다. 얼굴도 회색빛이었다. 햐쿠는 짜증이 난 와중에도 그런 고게차마루가 은근히 걱정되어 말을 걸었다.

"고게차마루, 너 왜 그래? 괜찮아?"

"저, 저 인형…… 사, 살아 있었어요. 햐, 햐쿠 씨를 노려봤다고요!"

"아아, 그랬지."

"하, 하지만 인형인데…….

"저 인형 안에는 영혼이 깃들어 있어. 아까 그 남자는 도주로라고 하는데 직업은 무당이야."

햐쿠는 흙마루에서 방으로 올라오면서 말했다.

"사람한테 씐 귀신을 쫓아내는 게 특기지. 그런데 저 녀석은 여자의 원령만 상대해. 그 방식도 특이한데, 우선 원령을 자기한테 빙의시켜. 그런 다음 원령의 원한과 괴로움을 한없이 들어 주고 달래 주는 거야. 그러다 원령의 마음이 어느 정도 진정될 무렵이면 인형에게 깃들게 해. 그리고 그다음부터는 연인처럼 대해 주는 거지. 달콤한 말을 천 번이고 만 번이고 속삭이고, 정성을 다해 보살피고, 응석을 받아 주는 거야. 그렇게 하다 보면 원한으로 가득 차 있던 여자의 원령도 너무 행복한 나머지 끝내는 성불하더군."

"괴, 굉장하다……."

고게차마루의 눈이 휘둥그레졌다.

"보통은 못 해요, 그런 건."

"그렇지. 하지만 저 녀석은 뼛속부터 변태라서 가능해."

"벼, 변태?"

"저 녀석은 인형이 살아 있다는 게 기뻐서 견딜 수 없는 거야. 예쁜 인형에 혼이 깃들어 있다는 건 단순한 물건이 특별한 생물이 된 거나 다름없지. 도주로는 그 상태가 견딜 수 없이 매력적으로 느껴지나 봐. 어떤 원령이든 일단 인형에 깃들게 되면, 도주로에게는 그저 사랑스러운 여자일 뿐이야. 진심으로 사랑하고, 진심으로 아껴 줘. 그러니까 원령들이 결국 성불하게 되는 거지. 그렇게 다시 외로워진 도주로는 또 다른 원령을 찾아 나서는 거야."

그런 특이 취향이 세상과 사람들에게 이롭게 쓰인다니 왠지 걱정스러운 생각이 든다고 햐쿠는 말했다. 고게차마루가 침을 꿀꺽 삼켰다.

"그럼…… 인형도 도주로 씨가 직접 만드나요?"

"아니, 녀석은 그렇게 손재주가 좋지 않아. 그 인형 봤지? 무당이 만들 수 있을 법한 물건이 아냐."

"확실히, 엄청나게 예뻤어요."

"맞아, 저건 전문가의 손길이지. 그 녀석도 공동주택 주민인데 도주로의 옆집에 살아. 인형사 사콘지. 오로지 인형을 만드는 일밖에 모르는 과묵한 남자야. 완벽한 인형을 만드는 게 그의 유일한 소원이라, 여기저기 무덤을 파헤치고 젊은 아가씨의 유골을 찾아 그 뼈와 살갗을 벗겨서 가져온다고 해."

"어, 어째서 그런 짓을?"

"글쎄, 아마 인형의 재료로 쓰겠지."

"히이익……."

고게차마루는 무시무시한 공포감에 몸을 부르르 떨었다.

"근데 어, 어떻게 햐쿠 씨는 아무렇지도 않은 거예요! 그, 그런 사람들이 이웃에 살고 있는데 무, 무섭지도 않아요?"

"이제 와서 뭘 새삼스럽게."

햐쿠는 어이없다는 듯 코웃음을 쳤다.

"여기 사는 사람들은 나를 포함해서 멀쩡한 녀석들이 없어. 여하튼 여기는 괴물 공동주택이니까 말이야."

"네? 괴, 괴물?"

"너, 설마 이곳에 대해 아무것도 모르고 눌러앉을 생각을 한 거야?"

햐쿠가 어이없다는 말투로 말했다.

"그래, 여기는 악명 높은 괴물 공동주택이야. 이곳에는 순전히 이상한 놈들만 살고 있지. 악당과는 조금 다른, 이단자들이라고 할 수 있어. 수상쩍은 약만 취급하는 약사, 아이를 지워 주는 여자, 남자인지 여자인지 알 수 없는 배우 나부랭이. 아, 맞은편 왼쪽 끝집에는 가까이 가지도 마. 춘화를 그리는 화공이 살고 있으니까. 거의 항상 알몸으로 그림을 그리는 데다 도저히 눈 뜨고 봐 줄 수 없는 그림들뿐이야. 소심한 네가 보면 무서워서 밤에 잠도 못 잘걸."

히이익, 하고 몸을 움츠리는 고게차마루에게서 술병을 빼앗으며 햐쿠는 혀를 찼다.

"아아, 정말! 오늘은 왜 이리도 일진이 사나울까! 비도 오지, 춥지, 너구리는 시끄럽게 울어 대지. 덤으로 유령까지 떠맡게 되다니! 술을 안 마시고는 견딜 수가 없잖아!"

그때 고게차마루가 번쩍 고개를 들었다.

"유령? 지, 지금 유령이라고 했어요?"

"그래, 너도 들었잖아? 오늘 밤에 아가씨 한 명이 찾아올 거라고."

"그, 그게 유령이라는 말이에요?"

"저 도주로가 살아 있는 아가씨한테 흥미를 보일 리 없잖아? 녀석이 신경 쓰여서 말을 걸었다는 건 틀림없이 사령이라는 뜻이야."

"꺄아아악!"

고게차마루는 개켜 두었던 이불 속으로 냅다 파고들어 가 버렸다. 성가신 녀석의 입을 다물게 했다는 생각에 햐쿠는 약간이나마 속이 후련해졌다. 이제 밤이 될 때까지는 조용히 술을 즐길 수 있을 것 같았다.

가을은 해가 빨리 지는 계절이다. 여름과는 비교도 되지 않을 만큼, 태양은 빠르게 하늘 저편으로 빨려 들어간다. 게다가 이날은 비까지 내린 터라 한층 더 음침하게 어둠이 밀려왔다.

밤의 기척이 점점 짙어 갈 무렵, 햐쿠의 방에서 딱딱거리는 소리가 나기 시작했다. 고게차마루의 이가 서로 부딪치는 소리였다. 이불 속에서 겨우 나오기는 했지만 저녁 식사를 마치고 난 뒤에도 몸의 떨림이 멎지 않는 모양이었다. 햐쿠는 적당히 좀 하라며 혼을 냈다.

"어엿한 요괴가 사령 따위한테 겁을 내서야 쓰나."

"하, 하지만, 무서운 걸 어떻게 해요. 햐, 햐쿠 씨는 무섭지도 않아요?"

"흥, 괴물 공동주택에서 '분실물 가게'라는 간판을 내걸고 장사하는 사람한테 이런 것쯤이야 일상이지."

"하아⋯⋯."

"그게 싫으면 나가도 돼."

햐쿠가 짐짓 부드러운 목소리로 말하자, 고게차마루가 홱 돌아보았다.

"아니요, 그건 안 돼요. 전 주인님의 비늘 옆에 있겠다고 결심했으니까요. ⋯⋯햐쿠 씨야말로, 제가 그렇게 방해된다면 빨리 비늘을 돌려주면 돼요. 그편이 저는 고맙죠."

"싫거든."

"하아, 역시 그건 안 될까요."

고게차마루는 깊게 한숨을 쉬었다.

"⋯⋯천 냥까지는 아직 갈 길이 먼데. 후유, 내년 축제 때까지는 모을 수 있으려나."

"무슨 축제?"

"주인님께서는 매년 새해가 밝으면 산에서 축제를 열고는 하셨어요. 축제가 성대할수록 그해 산이 주는 은총이 커진다고 하는, 무척 중요한 축제죠. 비늘을 하나라도 더 찾으면 그것만으로도 주인님의 기분이 좋아질 테니까, 더 힘내서 축제를 준비하실 거예요. 그래서 가능하면 새해가 되기 전에 비늘을 가져가고 싶은 거고요."

"흐음, 비위 맞추기도 여간 힘든 게 아니군."

"저를 동정하시는 거라면 비늘을 돌려주세요."

"안 돼. 똑같은 말 여러 번 하게 만들지 마. 그보다 천 냥이 더 먼저니까. 자자, 이 이야기는 여기까지."

햐쿠는 억지로 이야기를 매듭지었다.

"그건 그렇고 너, 산에 속한 존재라고 했지? 인간계의 공기는 맞지 않는다더니 여기에 오래 머물러도 괜찮은 거야?"

"아, 그건 괜찮아요. 햐쿠 씨가 제게 이름을 붙여 줬기 때문에 인간계에서도 살기 편한 몸이 된 것 같아요."

"흐음……."

"앗, 방금 이름 같은 거 괜히 붙여 줬다고 생각했죠?"

"사람 마음 읽지 마."

햐쿠가 눈살을 찌푸렸을 때였다. 문밖에서 "실례합니다." 하고 목소리가 들려왔다. 빗소리로 착각할 정도의 축축한 목소리였다. 고게차마루는 다시 이불 속으로 휙 도망쳤다.

"흥, 겁쟁이 같으니."

심술궂게 한마디 던진 햐쿠는 흙마루로 내려가 문을 열었다. 밖에는 아무도 없었다. 하지만 비 냄새에 섞여 더러운 진흙과 수초 비린내가 주위를 가득 채우고 있었다. 피부에 오소소 휘감겨 오는 냉기는 밤의 그것과는 전혀 달랐다. 분명 어딘가에 사령이 있었다.

'하는 수 없지.' 하며 햐쿠는 안대를 풀었다. 그와 동시에 방금 전까지 보이지 않았던 것이 그녀의 눈에 들어왔다. 푸른 어둠 속에 서 있는 한 아가씨였다. 나이는 열대여섯 살 정도도 됐을까. 부유한 상인의 딸인 듯 화려한 기모노를 입고 있었다.

하지만 틀어 올린 머리는 흐트러졌고 머리끝에서 발끝까지 물에 흠뻑 젖어 있었다. 허리와 어깨에는 수초가 감겨 있었고 신발노 한 짝만 신은 채였다.

물에 빠져 죽은 사람이구나.

햐쿠는 단번에 알아보았다. 가엾게도 이 아가씨는 어딘가 깊은 물속에 빠져 죽고 만 듯하다. 체념의 녹색 불꽃을 두르고 있으니, 자신이 죽었다는 사실은 이미 깨달았을 것이다.

하지만 분노의 진홍색, 미련의 남보라색 불꽃도 이글이글 타오르고 있었다. 이래서야 혼자서는 성불할 수 없는 노릇이었다. 그래서 도주로도 말을 붙였던 것이 아닐까?

그 아가씨는 흐리멍덩하고 어두운 눈동자로 햐쿠를 바라보며 입을 열었다. 그러자 입 안에서 물이 콸콸 흘러나왔다. 그 물과 함께 아가씨가 목소리를 뱉어 냈다.

"찾아 줘. 찾아서, 부모님께 가져다줘."

"뭘 찾으라는 거야?"

"비녀. 손에서 미끄러졌어. 꼭 붙들고 있었는데, 강물에 휩쓸려 가 버렸어. 부탁이야. 찾아 줘. 부모님께 보여 줘. 그럼 알 거야. 바로 알 테니까."

"뭘 안다는 거야?"

하지만 아가씨는 비녀를 찾아 달라는 말만 반복했다. 사령이 오로지 한 가지 생각에만 집착하는 건 흔히 있는 일이라 햐쿠도 끈질기게 묻지는 않았다. 하지만 적어도 아가씨의 신원은 확인할 필요가 있었다.

"당신, 누구야? 비녀를 찾으면 어디로 가져다주면 되지?"

그 질문에는 아가씨도 확실하게 대답했다.

"이스즈초 삼 번지, 요릿집 이사고야. 엄마는 쓰우, 아빠는 사헤이."

"당신 이름은?"

"이치……."

그 말을 뱉어 내는 것과 동시에 아가씨의 모습은 온통 물로 변해 흘러내렸다. 지면으로 철퍽, 하고 부딪치며 흩어진 물은 빗물과 뒤섞여 구별할 수 없게 되고 말았다. 그때 물속에 흰 종잇조각이 떠올랐다. 사람 모양을 한 종이는 서서히 물에 젖어 녹아 갔다.

햐쿠는 불쾌한 듯 신음했다.

"도주로 녀석, 요리시로[2] 인형을 내 집 앞에 붙여 뒀구나. 그래서 저 아가씨가 여기 올 수 있었군. 젠장! 짜증나!"

하지만 햐쿠는 이미 사령의 이름을 듣고 말았다. 게다가 소원까지 듣고 말았다. 이렇게 된 이상, 받아들일 수밖에 없었다.

"돈이 될 것 같진 않은데. 흐음⋯⋯, 공짜로 일해야 하다니 생각만 해도 위가 아파 오는군. 고게차마루, 고게차마루! 언제까지 숨어 있을 거야? 어서 나와!"

이불 속에서 고게차마루가 머리를 빼꼼 내밀었다.

"유, 유령은?"

"벌써 갔어. 그보다, 빨리 감주를 만들어 줘. 엄청나게 단 걸로. 위가 따끔따끔해."

정녕 무료 봉사란 말인가. 햐쿠는 다시 한번 한숨을 내쉬었다.

다음 날, 햐쿠는 점심시간이 다 될 때까지 일어나지 않았다. 일어난 뒤에도 움직임이 굼떴다. 고게차마루가 준비해 준 소금 주먹밥을 베어 먹고, 차를 홀짝이고, 담배도 한 모금 피웠다. 겨우 몸치장을 마쳤을 때는 정오가 훨씬 지난 시

---

2. 신령의 모습이 드러나게 해 주는 매개체

각이었다.

"고게차마루, 잠깐 유령의 분실물 좀 찾으러 다녀올게. 너는 어쩔래?"

"물론 같이 가야죠."

"아하, 내가 없는 사이에 유령이 찾아올까 봐 그런 거지?"

"아, 아니에요! 주인님의 비늘을 따라가는 거라고요!"

"크크크큭!"

"뭐, 뭐예요, 그 웃음은! 기분 나빠요!"

"미안하게 됐군. 나는 원래 기분 나쁜 여자거든."

두 사람은 평소처럼 투덕거리며 함께 외출했다.

삿갓을 깊이 눌러쓴 햐쿠는 처음부터 안대를 벗고 있었다. 삿갓을 눌러쓰고 있으면 푸른 눈이 가려져 쉽게 드러나 보이지 않았다. 그 푸른 눈은 삿갓에 가려져 있어도 기이한 세계를 보여 주었다.

비는 그쳤지만 아직 길이 젖어 있었다. 질척거리는 진창 속에서 벌레 한 마리가 기이한 웃음소리를 흘리며 기어갔다. 길가에 있는 찻집의 지붕 위에는 목만 남은 여자가 올라가 있었고, 신나게 수다를 떠는 아주머니들의 등 뒤에는 뒤룩뒤룩 움직이는 커다란 눈알이 달려 있었다. 햐쿠는 그런 것들에는 눈길도 주지 않은 채 오로지 실만 따라갈 뿐이었다.

어젯밤 집 앞에 나타난 아가씨 이치는 그 자리에 발자국을 남겼다. 햐쿠는 그 발자국에서 이치의 기척과 흔적을 찾아 실의 형태로 뽑아냈다. 무지갯빛으로 빛나는 가느다란 실. 햐쿠가 가는 길에 여러 가지 기이한 것들이 잔뜩 보이더라도 이 실을 놓칠 일은 없었다.

하지만 실은 어떤 지점에서 둘로 갈라져 있었다. 오른쪽 실은 그대로 사람들이 많이 오가는 길로 뻗어 있었고, 왼쪽 실은 길가에서 벗어난 쪽을 향해 있었다.

저 끝엔 뭐가 있을까?

햐쿠는 실을 팽팽하게 쥐고 튕겨 보았다. 그러자 왼쪽 실에서 물방울이 똑똑 떨어졌다. 물이었다. 이 끝에는 물이 있는 것이다. 흠뻑 젖은 채 수초를 휘감고 있던 이치를 떠올린 햐쿠는 망설임 없이 왼쪽 실을 따라가기로 했다. 앞으로 나아갈수록 인적이 드물었다.

잠시 후 울창한 숲으로 길이 이어지면서 물 냄새가 점차 강해졌다. 햐쿠와 고게차마루는 강가를 따라 하류 쪽으로 걸어갔다. 이윽고 작은 다리에 접어들자 다릿목에 국화꽃이 놓여 있었다. 고게차마루가 슬픈 목소리로 말했다.

"……여기서 죽은 걸까요?"

"그렇겠지. 혹은 유해가 발견된 장소일지도……. 하지만 그 아가씨가 가진 미련의 근원은 여기가 아닌 모양이야."

실은 앞으로 더 이어져 있었다. 햐쿠와 고게차마루는 다

리를 건너지 않고 강 하류 쪽으로 향했다. 그러자 그때까지
길 위로 이어져 있던 실의 방향을 바뀌었다. 그 끝은 강물
속이었다. 갑자기 비릿한 냄새가 코끝을 스쳤고 햐쿠는 부
르르 몸을 떨었다.

있다. 그 아가씨, 이치가 바로 옆에 있었다. 찾아 달라고,
찾아 달라고 계속 중얼거리면서 햐쿠를 향해 자신의 차가
운 몸을 밀어붙였다.

그 순간 햐쿠의 푸른 눈이 이치와 공유되었다. 이치는 햐
쿠의 푸른 눈을 통해 원하는 것을 찾기 시작했다. 그리고 발
견했다. 강가의 갈대 덤불. 물에 잠긴 갈대의 뿌리 근처에서
짙은 자주색을 띤 무언가가 빛나고 있었다.

햐쿠는 옷자락을 다리 위로 휙 걷어 올렸다. 허벅지가 드
러나자 고게차마루가 꺅 하고 소리쳤다.

"햐쿠 씨, 방정맞게 무슨 짓이에요!"

"……."

"햐, 햐쿠 씨? 앗, 안 돼! 안 돼요!"

말리는 고게차마루를 무시하고 햐쿠는 강물 속으로 터벅
터벅 발을 내디뎠다. 물은 차가웠다. 냉기가 뼛속까지 스며
들었다. 게다가 강바닥은 온통 진흙투성이라 휘청거릴 수밖
에 없었다.

하지만 햐쿠는 개의치 않고 목표한 곳까지 나아가 물속으

로 손을 쑥 집어넣었다. 손가락이 하늘거리는 수초 같은 것에 닿았다. 그 틈으로 가늘고 길쭉한 것이 느껴졌다. 햐쿠는 수초에 뒤엉켜 있는 그것을 끄집어냈다.

첨벙, 작은 물소리를 내며 이치의 유령이 햐쿠에게서 떨어졌다. 그제야 제정신으로 돌아온 햐쿠는 차가운 물에 한기를 느끼고 몸을 떨었다.

"뭐 이런 뻔뻔한 여자애가 다 있어! 멋대로 남의 눈을 빌리다니. 젠장! 살아 있을 적에는 부모한테 어리광깨나 부렸겠지. 감히 내가 이런 꼴을 당하다니, 얼굴을 한 대 후려쳐 버릴까 보다!"

한껏 욕을 퍼부으면서 햐쿠는 겨우 강가로 기어 나왔다. 그곳에서는 눈치 빠른 고게차마루가 마른풀을 긁어모아 불을 피우고 있었다. 고게차마루는 바들바들 떨리는 햐쿠의 발을 마른풀로 쓱쓱 문질러 주었다. 덕분에 점차 온기가 돌아왔다.

"뭔가 찾아낸 거죠? 아가씨가 말했던 비녀인가요?"

"그래, 바로 이 녀석이야."

햐쿠는 손에 쥐고 있던 것을 고게차마루에게 보여 주었다. 고게차마루가 숨을 들이켰다.

"이, 이건……."

"둔한 너한테도 이 기운이 느껴지니? 그래, 맞아. 이 녀석이 이치라는 아가씨의 미련의 근원이야. 자기가 죽는다는 걸 알았을 때, 이치는 생각했겠지. 어떻게든 이 비녀를 붙들고 있어야겠다고. 이 비녀를 쥐고 있는 자신을 발견해 달라고."

"······하쿠 씨."

"뭐야?"

"햐, 햐쿠 씨는 정말로 괜찮은 건가요? 요전에 할아버지 일도 그렇고, 이번 아가씨 일도 그렇고. 이, 이런 의뢰만 들어오다니, 정말로 무섭지 않은 거예요?"

햐쿠는 훗, 하고 웃었다.

"있잖아, 고게차마루, 하나 알려 줄게. 이 세상에서 정말로 무서운 건 사령도 괴물도 아냐. 살아 있는 인간이지. 내 옆에 있으면 싫든 좋든 그런 놈들을 맞닥뜨리게 될 거야."

왠지 모르게 슬픈 듯한 목소리로 말한 햐쿠는 주워 온 것을 손수건으로 감싼 다음 품속에 넣었다.

"그럼 이제 발끝의 감각도 돌아왔으니 슬슬 가 볼까? 이 녀석을 이사고야에 전해 줘야지."

평상시와 같은 목소리로 햐쿠가 말했다.

이스즈초 삼 번지, 요릿집 이사고야. 규모는 작지만 요리와 손님 접대에 있어서는 모두 최고인 가게로, 풍류를 즐기는 손님들이 끊이지 않고 찾아오는 유명한 곳이다.

하지만 지금은 가게 문이 닫혀 있었다. 불이 꺼진 듯 어둡고 조용한 가게에서는 깊은 슬픔과 선향 냄새만이 가득 느껴졌다. 당연한 일이었다. 외동딸 이치가 죽고 초칠일이 막 지난 참이었기 때문이다.

이사고야의 주인 부부에게는 아들이 둘 있었지만 유일한 딸이자 막내였던 이치를 유독 애지중지했다. 그래서 이치의 갑작스런 죽음에 더욱 큰 충격을 받을 수밖에 없었다.

다리를 건너다 강물에 빠져 익사한 딸. 딸의 유해는 바로 발견되었고 장례도 무사히 잘 치를 수 있었다. 하지만 며칠이 지나도 부모의 가슴에 뚫린 커다란 구멍은 메워지지 않았다. 밤이 되어도 잠을 이룰 수 없었고, 밥을 먹어도 아무 맛을 느낄 수 없었다.

그렇게 산송장처럼 지내고 있던 부부 앞에 처음 보는 웬 여자와 아이가 찾아온 것이었다. 왼쪽 눈에 안대를 한 여자는 햐쿠라고 자신의 이름을 밝혔다. 딸의 물건을 전해 주러 왔다는 말에 부부는 바로 두 사람을 집에 들였다.

햐쿠는 살이 홀쭉하게 빠진 아버지 사헤이와 어머니 쓰우의 앞에 손수건으로 감싼 것을 내려놓았다.

"이거예요. 이치 씨가 부모님께 전해 달라고 저에게 부탁하더군요."

사헤이도 쓰우도 곧바로 그 물건에 손을 대지는 못했다.

다만 약간 정신을 차린 듯 햐쿠를 빤히 바라볼 뿐이었다.

"실례지만 당신, 언제 우리 딸과 알게 된 건가요? 그게…… 친구처럼 보이지는 않는데요."

"물론 저는 이치 씨와 친구가 아니에요. 그 아가씨한테서 부탁을 받았어요. 어젯밤 저희 집에 찾아와서 당신들께 이걸 전해 달라고 하더군요."

부부의 표정이 점차 바뀌었다. 사헤이는 분노에 휩싸여 얼굴이 붉어진 반면, 쓰우는 파랗게 질려서는 가쁘게 숨을 내쉬었다. 사헤이가 쉰 목소리를 짜내듯 말했다.

"무슨 속셈으로 이런 장난을 치는 거요? 딸이 죽은 걸 알고서 그, 그런 말을 하는 게요? 우리를 더 괴롭게 만들 작정이오?"

"아닙니다. ……저는 분실물 가게를 해요. 다른 사람은 찾아낼 수 없는 것을 찾아 주는 장사를 하고 있지요."

"하, 그런 거였군!"

사헤이가 내뱉듯이 말했다. 왈칵 울음을 터뜨리는 아내의 어깨를 감싸 주며 증오심이 가득한 눈빛으로 햐쿠를 노려보았다.

"마음이 약해진 사람들에게 이런 식으로 접근해서 금품이나 뜯어내려는 속셈이겠지. 우, 우리 딸의 영혼과 만났다는 말도 안 되는 감언이설로 우리의 마음을 사로잡을 작정이겠지만 그렇게는 안 될걸! 썩 나가시오! 나가지 않으면 힘으로 쫓아내겠소!"

사헤이가 자리를 박차고 일어나려 하자 햐쿠는 안대를 스르륵 풀어 보였다. 그녀의 푸른 눈을 마주한 사헤이와 쓰우는 놀란 듯 숨을 들이켰다. 얼이 빠진 듯한 두 사람에게 햐쿠는 조용히 말했다.

"보고 계신 대로 저는 인간이 아닌 것을 보는 눈을 가지고 태어났습니다. 안심하세요. 따님의 유령을 만났다는 거짓말로 당신들을 속일 생각 따위는 없으니까요. 저는 단지 부탁받은 일을 하러 왔을 뿐이에요. 그걸 찾아서 부모님께 전해 달라고, 따님은 그렇게만 부탁했어요."

그 말에 정신을 차린 듯 쓰우가 몸을 앞으로 내밀었다.

"그, 그럼, 당신이 정말로 우리 딸을……?"

"네, 분명 따님을 만났고 이야기도 나눴지요."

"흐, 흐으으윽!"

쓰우는 흐느껴 울면서 떨리는 손으로 손수건을 펼쳤다. 그 순간, 충격을 받은 듯 눈을 크게 떴다. 그것은 비녀였다. 젊은 아가씨들이 좋아할 법한 가련한 꽃 모양의 비녀. 하지만 물에 잠겨 있었던 탓인지 색이 바랬고, 무엇보다 검은 머리칼이 잔뜩 휘감겨 있었다.

윤기 나는 긴 머리칼. 한두 가닥이 아니었다. 뭉텅이로 한

주먹 정도는 되어 보였다. 머리칼이 마치 뱀처럼 비녀에 얽혀 있는 모습은 왠지 모르게 섬뜩한 분위기를 자아냈다.

비녀를 뚫어지게 바라보던 쓰우는 힘겹게 고개를 저었다.

"이, 이건⋯⋯ 이치의 물건이 아니에요. 하지만 어딘가에서 본 적이 있는 것 같은데⋯⋯."

"⋯⋯이 비녀를 손에 쥔 순간 접시가 보였어요. 수많은 접시와 그릇이. 혹시 무언가 짐작 가는 바가 없으신가요?"

햐쿠의 말에 쓰우가 앗, 하고 짧은 비명을 내뱉더니 얼굴이 더욱 창백해졌다.

"그, 근처에 도자기 가게가 있어요. 그 집 딸과 이치는 친구 사이인데⋯⋯. 하지만 그날은⋯⋯ 이, 이치가 돌아오지 않아서 딸을 찾을 때 그 아이에게도 행방을 물었어요. 하, 하지만 이치와는 그날 만난 적이 없다고⋯⋯."

"내기를 해도 좋을 것 같군요. 그 아가씨의 머리에는 분명 그 흔적이 남아 있을 거예요. 머리카락이 이만큼이나 뽑혔으니까요."

"그, 그렇다면, 그 아이가⋯⋯ 이치를? 설마⋯⋯."

옆에서 이야기를 듣고 있던 사헤이도 몸을 부들부들 떨기 시작했다. 그 눈에 의심과 분노가 차오르는 것을 본 햐쿠는 조용히 이렇게 말했다.

"두 분께서는 이 비녀를 잘 갖고 계시다가 그 아가씨에게 보여 주세요. 분명 비밀을 털어놓을 테니까요. 자, 제 용건은 이것으로 끝입니다. 이쯤에서 전 물러가도록 하지요."

망연자실한 부부를 뒤로한 채 햐쿠는 고게차마루와 함께 재빨리 이사고야를 나왔다.

공동주택으로 돌아가는 길에 고게차마루는 계속 신경이 쓰였는지 몇 번이나 뒤를 돌아보았다.

"저대로 놔둬도 괜찮은 걸까요?"

"괜찮아. 나머지는 저 두 사람한테 맡기면 돼. 이제 우리가 참견할 일은 아무것도 없어."

"제가 비녀를 찾아 주기를 바랐던 건 그게 이치 씨에게 있어서 소중한 보물이기도 하고 또 부모님께 유품을 남기고 싶어서라고 생각했기 때문이에요. 하지만 실제로 발견한 비녀에서는 무척 기분 나쁜 느낌이……. 햐쿠 씨는 처음부터 알고 있었던 거예요?"

"뭐, 나한텐 보였으니까."

햐쿠는 퉁명스럽게 말했다.

"이치가 찾아왔을 때부터 알고 있었어. 그렇게 자신의 주변에 엄청난 미련과 분노의 불꽃을 휘감고 있는데 어찌 한눈에 알아채지 못할 수 있겠어. 이치는 살해당한 거야."

"……이치 씨를 죽인 사람은 정말로 도자기 가게의 딸일까요?"

"아마도."

"······친구였는데, 왜 죽였을까요?"

"그건 내 알 바 아냐. 그보다 빨리 돌아가자. 돌아가면 바로 목욕물을 데워 줘. 발이 얼어붙을 것만 같아."

"······햐쿠 씨, 요즘 저를 너무 부려 먹는 거 아니에요?"

"군식구를 부려 먹는 게 뭐가 잘못이야? 자자, 더 빨리 걸으라고."

햐쿠가 고게차마루를 재촉했다.

그날 밤 늦은 시각, 또다시 햐쿠의 집 문을 두드리는 소리가 났다. 겁에 질린 고게차마루를 한심하게 바라보며 햐쿠는 문을 열었다. 이번에도 도주로는 소중하게 인형을 끌어안은 채 햐쿠를 향해 미소를 짓고 있었다.

"여어, 햐쿠. 아까 그 아가씨가 나를 찾아왔어. 성불할 수 있을 것 같다면서 작별과 감사의 인사를 하러 왔더라. 부모님이 자신을 죽인 범인을 찾아서 혼쭐을 내 줬다고 기뻐하더군."

"흥, 내가 아니라 너한테 감사 인사를 하러 갔다고? 정말 마음에 안 드는 꼬맹이로군. 벌써부터 남자를 밝히다니."

"햐쿠, 질투하는 거야?"

"너를 두고 질투할 정도로 생각 없이 살지는 않아."

"여전히 독설가로군. 널 귀찮게 만든 대가로 모처럼 술을 가져왔는데."

"오옷! 그건 사양 않고 받도록 하지."

기쁜 얼굴로 호리병을 받아 든 햐쿠가 도주로에게 슬쩍 물었다.

"이치는 자기가 왜 그렇게 된 건지 네게 사실대로 이야기해 줬어?"

"그래. 이치와 도자기 가게의 가야는 원래 사이좋은 소꿉친구였는데, 이래저래 경쟁하는 사이였나 봐. 그래서 부모의 눈이 닿지 않는 곳에서는 종종 싸우기도 했대. 이번에는 누부 가게의 젊은이를 둘러싸고 싸움이 났다지 뭐야. 아주 잘생긴 젊은이라더군. 둘 다 그 젊은이한테 푹 빠졌나 봐. 그러다 말다툼이 심해진 나머지 다리 위에서 드잡이 싸움을 했다나."

"그러던 와중에 이치가 다리에서 떨어졌고 그때 가야의 머리에 꽂혀 있던 비녀를 머리카락째로 잡아 뜯었다, 뭐 그런 이야기로군."

"그런 모양이야. 정말 무서운 일이지. 아직 어린 아가씨라고 해도 질투라는 감정은 얕볼 수가 없어. 그래서 나는 살아 있는 여자는 안고 싶지 않은 거야."

도주로는 생긋 웃은 뒤 품에 안은 인형에게 무어라 속삭이며 자기 집으로 돌아갔다.

도주로를 보내고 방에 들어온 햐쿠는 깜짝 놀랐다. 고게차마루가 풍로를 꺼내어 정어리를 굽고 있었던 것이다.

"뭐 하는 거야?"

"술도 받았으니 안주가 필요할까 해서요. 금방 구워질 거예요."

"……대체 무슨 바람이 분 거야?"

"저, 알았어요."

고게차마루가 자못 심각한 얼굴로 햐쿠를 바라보았다.

"제가 말리면 말릴수록 햐쿠 씨는 짜증이 나서 더 벌컥벌컥 술을 마신다는 걸요. 그렇다면 차라리 기분 좋게 마시는 편이 술값도 적게 들겠죠. 그러니까 이제 술을 마시지 말라고는 안 할게요. 그 대신 하루에 한 병만 드세요."

"싫어! 적어도 다섯 병은 돼야지!"

"그건 너무 많아요!"

"그럼 네 병! 네 병으로 버텨 볼게!"

햐쿠가 끈질기게 설득을 거듭한 끝에 술은 하루에 두 병, 일을 해서 돈을 번 날은 세 병을 마실 수 있다는 규칙이 정해졌다.

4

어느 날 아침, 평소처럼 아침 식사를 준비하던 고게차마루는 문득 이상한 기분이 들었다. 여기 괴물 공동주택은 늘 조용하다. 나름대로 사람들이 살고 있을 텐데, 그 모습이 눈에 띄기는커녕 목소리나 기척조차 거의 느껴지지 않는다. 아침이든 점심이든 밤이든, 무덤처럼 고요하기만 할 뿐이다.

물론 이웃 간의 교류도 전혀 없어 고게차마루가 얼굴을 알고 있는 다른 주민이라고 해 보았자 무당 도주로 정도였다. 그 도주로조차 유령 아가씨 사건 이후로는 본 적이 없다.

그런데 오늘 아침은 공동주택 전체가 묘하게 소란스러웠다. 마치 잠들어 있던 망자들이 일제히 눈을 뜬 것만 같았다. 고게차마루는 이 집 저 집에서 긴장된 분위기가 감도는 것을 눈치챘다.

평소와 다른 것은 햐쿠도 마찬가지였다. 항상 이불 속에서 나오지 않으려고 뭉그적거리기 일쑤였는데, 오늘은 고게차마루가 깨우기도 전에 일어난 것이다.

이상해. 뭔가 있어.

햐쿠의 밥그릇에 밥을 푸며 고게차마루는 조심스럽게 물었다.

"오늘은 왠지 바깥이 소란스럽지 않아요?"

"그야 오늘은 월말이니까."

"월말에는 무슨 일이 있나요?"

"그래, 괴물 공동주택의 주민들에게 있어서 월말은 사느냐 죽느냐의 갈림길이거든."

"네?"

"집주인이 오는 날이야. 집세를 받으러 오는 거지."

밥그릇을 건네받으며 햐쿠는 무어라 형용할 수 없는 미소를 지었다.

"다행히 이번 달은 집세 낼 돈이 있으니까 이렇게 차분하게 있지만, 만약 돈이 없었다면 지금쯤 나도 얼굴이 새파래져서 어떻게든 돈을 마련하려고 필사적으로 뛰어다니고 있었을 거야."

"……집세를 마련할 때까지 기다려 주지는 않나요?"

"집주인한테 조금만 기다려 달라고 말한다고? 난 그럴 만한 용기는 없어."

햐쿠는 단호하게 말했다.

"나뿐만이 아냐. 여기 사는 다른 녀석들도 그럴걸. 여기 집주인은 절대 화나게 만들면 안 되는 상대라는 걸 다들 알고 있지. 그걸 알아채지 못한 바보는 결국 자기 수명을 단축시키는 꼴이 될 테고."

"주, 죽는다는 말이에요? 에이, 그건 좀 과장이 심한 거 아닌가요?"

"두고 보면 알 거야. 그리고 이따가 문고리를 좀 풀어 놔. 돈이 없는 녀석들이 찾아올지도 모르니까."

"설마 돈을 비, 빌려주려는 건가요? 햐쿠 씨가 다른 사람한테 도, 돈을?"

이번에야말로 놀라 자빠질 듯한 표정의 고게차마루를 보며, 햐쿠는 미적지근한 미소를 머금었다.

"……그 집주인을 상대하려면 세입자들도 서로 힘을 모을 수밖에 없어."

햐쿠의 말대로 아침 식사가 끝나고 얼마 지나지도 않아서 한 남자가 황급히 달려 들어왔다.

아니, 여자다.

고게차마루는 생각했다. 여자들이 입을 법한 화려한 무늬의 겉옷을 걸친 채 자주색 여성용 두건까지 쓰고 있었기 때문이다. 하지만 여자인 것치고는 왠지 분위기가 딱딱했고 손발도 큼직했다.

역시 남자일까.

얼굴을 봐도 잘 알 수 없었다. 코가 낮고 입술이 얇았으며 전체적으로 밋밋해서 이렇다 할 특징을 발견하지 못했다. 그 얼굴은 남자로도 여자로도 보였으며, 한편으로는 둘 다 아닌 것처럼 보이기도 했다. 냄새를 맡아 보아도 판단할 수 없었다. 옷에 밴 진한 향내 때문에 체취가 감춰진 것이다.

한편, 갑작스레 안으로 뛰어 들어온 방문자는 고게차마루에게는 눈길도 주지 않았다.

"햐쿠!"

그 수수께끼의 인간은 높지도 낮지도 않은 부드러운 목소리로 외치면서 햐쿠에게 매달렸다.

"아아, 햐쿠, 미안하지만 집세 좀 빌려줘. 다음번에 돈이 들어오면 꼭 갚을게."

"알겠어. 나한테 신세 한 번 진 거야."

햐쿠는 시원스럽게 대답하며 미리 준비한 돈을 건넸다.

"고마워. 아휴, 이제 살았다. 햐쿠는 내 생명의 은인이야."

수수께끼의 인간은 돈을 꽉 쥐고 재빨리 밖으로 나갔다. 발소리가 더 이상 들리지 않게 되자, 고게차마루는 그제야 햐쿠에게 물었다.

"바, 방금 전 그 사람…… 누구예요?"

"퇴물 배우인 사루마루야."

"아, 남자인가요?"

"글쎄, 남자인지 여자인지는 나도 몰라."

"네에?"

"저 녀석은 아이만 아니라면 누구로도 변신할 수 있어. 얼굴은 비록 저렇지만 화장을 하면 엄청난 미인이 되기도 하지. 어떨 때는 우락부락한 무사가 되기도 해. 노파든 젊은이든 저자한테 변신은 식은 죽 먹기지. ……너, 저 녀석이 몇 살처럼 보여?"

"……서른 안팎 정도로 보이던데요."

"저 녀석은 한 이십오 년 전부터 여기에 살고 있대. 그 무렵부터는 계속해서 저 모습이었고……. 아니, 그렇다면 오히려 계속 모습을 바꾸고 있는 건가."

"그, 그럼 쉰 살 정도란 말인가요?"

"그것도 알 수 없어. 어쩌면 일흔 가까운 나이일지도 몰라. 설령 그렇다고 해도 나한테는 그다지 놀라운 일도 아니지만."

"흐에에에……."

'이 공동주택에는 정말로 괴물들만 사는 것인가.' 하며 고게차마루는 몸을 부르르 떨었다. 하지만 그 괴물들조차 겁을 내는 것이 바로 집주인이었다. 대체 어떤 인물일지, 고게차마루는 괜히 가슴이 두근거렸다.

집주인은 점심시간이 되기 전 모습을 드러냈다. 지붕 위로 올라가서 망을 보고 있던 고게차마루는 바로 집주인을 알아보았다. 그자들이 길에 접어들자마자 순식간에 주변 공기가 바뀌었기 때문이다.

팽팽하고 묵직한 공기. 게다가 정체를 알 수 없는 압력이 느껴지면서 꼬리가 찌르르 저려 왔다. 고게차마루는 그들에게 들키지 않도록 확실하게 몸을 숨긴 채, 눈동자를 굴리며 그들의 모습을 좇았다.

공동주택 골목으로 들어온 사람은 세 명. 그중 두 명은 씨름꾼처럼 우람한 몸집의 젊은 남자들이었다. 둘은 코 모양과 눈 크기, 무표정하고 우락부락한 얼굴까지 똑 닮아 있었다. 아마 쌍둥이인 듯했다.

고게차마루의 눈길을 단번에 사로잡은 것은 두 사람 가운데에 있는 작은 노파였다. 검은 줄무늬 기모노 차림에 목에는 붉은 천을 맵시 있게 둘렀고, 은색 담뱃대를 물고서 연기를 내뿜으며 천천히 걸어오고 있었다. 키는 쌍둥이의 절반 정도밖에 되지 않았고 표정도 지극히 온화했다. 그러나 무시무시한 위압감을 자아내고 있는 것은 다름 아닌 바로 이 노파였다.

분명 보통내기가 아닐 거라는 생각에 고게차마루는 침을 꿀꺽 삼켰다. 고게차마루에게 있어 지금까지 가장 무서운 존재는 자신의 주인인 신의 바람기에 울화통을 터뜨리는 여신이었다.

하지만 이 노파에게서는 여신과 또 다른, 정체를 알 수 없는 공포가 확실하게 느껴졌다. 덩치 큰 쌍둥이를 마치 경비견처럼 양옆에 거느린 집주인은 한 집씩 돌아보기 시작했다. 그들은 공동주택 각각의 집 문을 열고 안으로 들어갔다가 얼마 지나지 않아 조용히 나왔다. 아무런 소동도 일어나지 않았다. 세입자들은 다들 착실하게 집세를 내고 있는 모양이었다.

이윽고 햐쿠 차례가 되었다. 고게차마루는 지붕에 납작 달라붙은 채 귀를 기울였다. 노파치고는 힘 있는, 깊숙한 곳에서 울려 퍼지는 듯한 목소리가 들려왔다.

"잘 지냈는가, 햐쿠. 늘 그렇듯 집세를 받으러 왔어."

"네, 그간 안녕하셨어요?"

집주인의 인사에 대답하는 햐쿠의 말투는 놀라울 정도로 정중했다. 다소곳하다고 해도 좋을 정도였지만, 고게차마루는 그 목소리에 어딘지 모르게 긴장감이 감돌고 있다는 것을 눈치챘다.

"수금하느라 늘 고생이 많으시네요. 이달치 집세입니다."

짤그랑짤그랑, 하고 돈 세는 소리가 났다.

"어디 보자……. 그래, 딱 맞는군. 음, 좋아. 이래야지."

후우, 하고 햐쿠가 한숨을 쉬자 지붕 위에 올라가 있던 고게차마루도 무심코 따라서 한숨을 쉬었다. 이윽고 이어지는 집주인의 말에 고게차마루는 그야말로 팔짝 뛸 뻔했다.

"그런데 햐쿠, 요즘 꼬맹이를 하나 데리고 있다지?"

"그게…… 아, 아주머니의 귀에까지 들어갔나요?"

"후후, 내 영역에서 내가 모르는 일 같은 건 없어. 듣자 하니 고게차마루라고 하던데. 대로변 공동주택에 사는 아주머니들 사이에서 평판이 좋더군. 솔직하고 귀여운 아이라면서. 널 위해서 바지런히 일하고 있다지? 요즘 그런 아이는 드문데 말이야. 대체 어디서 주워 온 거야?"

"……."

"뭐, 집세만 꼬박꼬박 잘 낸다면 집에 누구를 들이든 네 자유야. 나도 꼬치꼬치 캐묻는 촌스러운 짓은 안 해. 그저 사람 싫어하는 네가 웬일인가 싶어서 말이지."

"……."

"그러고 보니 너, 얼굴이 좀 핀 것 같은데? 후후후."

"무, 무슨 말씀을……."

"자, 이제 다음 집으로 가 보도록 하지. 그럼 햐쿠, 다음 달에 보자고."

집주인과 쌍둥이의 모습이 충분히 멀어질 때까지 고게차마루는 지붕 위에서 움직이지 않았다. 고게차마루가 겨우 아래로 내려온 것은 그로부터 시간이 꽤 흐른 뒤였다.

방 안에서는 햐쿠가 약간 멍한 얼굴로 주저앉아 있었다. 집주인과의 짧은 대화만으로도 기운이 탈탈 빠져나간 모양이었다. 고게차마루는 햐쿠가 그러고 있는 것이 당연한 일이라고 생각했다. 지붕에서 엿본 것만으로도 그 정도의 위압감이 느껴졌으니. 저 노파가 자신의 눈앞에 있었다면 아마 제대로 서 있을 수조차 없었을 것이다.

햐쿠를 위해 고게차마루는 물을 한 잔 떠 왔다. 햐쿠는 그걸 마시고 나서야 겨우 정신을 차릴 수 있었다. 아이고, 하고 어깨를 좌우로 돌리며 고게차마루를 바라보았다.

"그래서, 어땠어?"

"어, 엄청났어요. ……아까 그 사람이 집주인이로군요?"

"맞아, 이 일대를 휘어잡고 있는 마귀할멈이지. '염라대왕 긴코'라고 불려. 저 할멈한테 대들었다간 즉시 지옥으로 떨어지니까 말이야."

"무슨 말인지 알 것 같아요. 저 쌍둥이 호위들도 엄청 강하고 무서워 보였으니까요. 집주인 말 한마디면 상대방을 갈기갈기 찢어 놓을 것 같아요."

"……네 눈은 생각보다 쓸모가 없구나."

"네?"

"저들은 호위가 아냐. 긴코 할멈의 손자들이지. 아직 햇병
아리에 불과해서 이것저것 배우려고 할멈 꽁무니를 쫓아다
니고 있을 뿐이지. 애초에 저 할멈한테 호위 따위는 필요 없
어. ……할멈의 왼쪽 소매가 부풀어 있는 걸 못 봤어?"

"그것까지는 알아채지 못했어요."

"그렇군. 그 소매 안에는 말이지, 외국에서 들여온 권총이
숨겨져 있어."

"권총?"

"한 손으로 쏠 수 있는 총포야. 외국 물건인데 화약심지가
없어도 쏠 수 있지."

"거, 겁을 주려고 가지고 다니는 건가요? 설마 그걸 진짜
로 사용하지는 않겠죠?"

햐쿠는 정말로 기가 막힌다는 표정을 지었다.

"너, 그 할멈을 보고서도 아직도 그렇게 한가한 소리를 하
는 거야? 물론 정말로 사용하는 거지."

"보, 본 적 있어요, 그걸?"

햐쿠는 그렇다며 고개를 끄덕였다.

"그게 언제였더라……. 아, 건방진 떠돌이 무사 하나가 이

곳에 살았던 적이 있었어. 그 녀석, 대체 무슨 생각이었는지 긴코 할멈한테 대들면서 집세를 떼어먹으려고 하더라니까. 할멈 앞에서 듣기 싫은 목소리로 꽥꽥 소리를 지르면서, 겁을 줄 작정이었는지 칼까지 슬쩍 뽑아 들더군. 그런 바보는 처음 봤어."

"그, 그래서 어떻게 됐는데요?"

"어떻게 되긴. 탕, 하고 한 방에 목에 구멍이 났고 그걸로 끝. 시체는 손자들이 잽싸게 처리했고 핏자국도 깨끗하게 싹 닦아 냈지. 아주 익숙한 움직임이었어."

"과, 관청 사람들은 안 왔어요?"

"관청 사람들? 관청 놈들은 이 괴물 공동주택에서 일어나는 일에 절대 참견하지 않아. 무슨 일이 벌어지든 눈감고 넘어가지. 어쩌면 긴코 할멈과 모종의 거래 같은 걸 했을지도 몰라. 아무튼 떠돌이 무사는 그렇게 깨끗하게 정리됐고 다음 달에는 그 방에 새로운 세입자가 들어왔지. ……염라대왕이라는 별명이 그냥 붙여진 건 아니라는 말씀이야."

흐에엑, 하고 고게차마루는 울상을 지었다.

"어쩌죠? 저, 저에 대해서 집주인이 알고 있었잖아요! 저 완전히 찍힌 거 아닐까요?"

"그건 괜찮을 거야. 아까 할멈도 말했잖아? 내가 집세만 잘 내면 누구를 들이든 그 할멈은 신경 안 써. ……괴물이든 살인 청부업자든 돈만 잘 내면 누구든 편하게 살게 해 주지. 우리 같은 놈들한테는 오히려 고마운 사람인 셈이야. 나도 어느 정도는 고마워하고 있고."

고게차마루는 고개를 갸웃했다. 그 말을 하는 햐쿠의 목소리에 지금까지 없었던 온기가 묻어 있었기 때문이다.

고게차마루의 시선을 느낀 햐쿠가 홋, 하고 웃었다. 전에는 한 번도 본 적 없는 피폐한 웃음이었다. 그와 동시에 햐쿠의 몸에서 병든 사람에게서 나는 듯한 냄새가 풍기기 시작했다. 서서히 어둠에 휩싸이기 시작한 햐쿠를 보며 고게차마루는 덜덜 떨었다.

"햐, 햐쿠 씨?"

"나는 열네 살 때부터 열여덟 살 때까지 기생집에서 살았어. 부모가 거기로 날 팔아넘겼지."

"부모님이……?"

"가난해서 그랬던 건 아냐. 내 부모, 특히 어머니가 날 싫어했거든. 어떻게든 쫓아내고 싶다, 어디 가서 콱 죽어 버렸으면 좋겠다, 그렇게 생각해서 결국 날 기생으로 만들기로 한 거지. 내가 남자들한테 희롱당하다 이상한 병에라도 걸려서 빨리 죽기를 바랐을 거야. 일부러 집에서 아주 멀리 떨어진 에도의 기생집에 날 팔아넘긴 것도, 내 얼굴을 두 번 다시 보고 싶지 않다는 일념 때문이었겠지. 자식을 버리는 일에 그렇게까지 공을 들이다니."

"그, 그럴 수가……."

"그럴 리 없다고 생각해? 너, 내가 부모한테 어떤 꼴을 당했는지 아직도 잘 모르는구나?"

햐쿠를 둘러싼 어둠은 점점 더 진해졌고 고게차마루는 신음 소리조차 낼 수 없었다.

"아무튼 나는 기생이 됐어. 처음 일 년은 견습생이었고 이듬해부턴 손님을 받게 됐지. ……호기심 많은 손님 중에는 이 왼쪽 눈을 숨기지 말고 자신을 상대해 달라는 작자도 있었어. 너도 알다시피 그렇게 하면 평범한 사람들은 볼 수 없는 이런저런 것들이 보이지 않겠어? ……나는 내 눈에 보이는 걸 손님에게 알려 줬어. 그렇게 꺼림칙하게 만들면 손님의 발길도 멀어질까 해서."

물론 꺼림칙해하는 손님도 있었다. 하지만 그 이상으로 햐쿠의 평판은 널리 퍼졌다. 잃어버린 물건이 있는 장소나 병의 원인, 자신을 저주하는 사람의 정체 등을 알아내 손님들에게 알려 준 햐쿠는 어느새 무녀로 통하게 되었다. 점을 보기 위해 그녀를 찾아오는 손님도 점차 늘어났다고 한다.

그러던 어느 날, 햐쿠의 소문을 듣고 괴물 공동주택의 주인 긴코가 그녀를 찾아왔다.

"그 할멈이 날 찾아와서는 순식간에 기생집 주인과 이야기를 매듭짓고 나를 그곳에서 빼내 줬어. 그리고 이곳으로 데려와 이렇게 말했지. '네 눈은 쓸모가 있어. 네 눈은 분명 돈이 될 거야. 오늘부터는 그 눈을 이용해서 돈을 버는 거다. 한동안은 내가 손님을 붙여 주지. 그러니까 우선은 네 몸값을 확실하게 벌어서 갚아야 해. 알겠지?' 하고 말이야."

긴코의 그 말에 햐쿠는 고개를 끄덕일 수밖에 없었다고 한다.

"그때부터 분실물 가게를 하게 된 거야. 할멈은 내가 자신의 돈을 다 갚을 때까지 꽤 부려 먹었지. 그래도 빚을 다 갚고 나자 어느 새 분실물 가게로서의 평판도 널리 퍼져 있었어. 그 덕분에 지금은 이렇게 먹고살고 있지."

"기, 긴코 씨는 왜 햐쿠 씨를 구해 준 걸까요?"

"글쎄, 나도 몰라."

가볍게 웃는 햐쿠에게서 어느새 어둠의 기운이 스르륵 사라졌다.

"그저 한순간의 변덕이었는지도 모르고, 이 녀석이라면 괴물 공동주택의 세입자로 안성맞춤이겠다고 생각했을지도 모르지. 그렇지만 어느 쪽이든 상관없어. 그 할멈이 내 은인이라는 사실에는 변함이 없으니까. 날 기생집에서 빼내 준 거나, 여기서 살게 해 준 걸 말하는 게 아냐. 물론 그것도 감사한 일이긴 하지만. 내가 가장 고마운 건, 그 할멈이 가르쳐 줬기 때문이야."

"가르쳐 주다니, 뭘요?"

"이거 말이야."

햐쿠는 안대로 가려진 왼쪽 눈을 손끝으로 가볍게 통통 두드렸다.

"이 눈은 쓸모가 있다, 이 눈으로 돈을 벌어서 먹고살아 라. 그 말을 들었을 때 난 마치 시커먼 지옥 속에서 밝은 빛 으로 걸어 나온 기분이었어. 갑자기 눈앞이 환하게 밝아진 거야. ……그 할멈이 내게 그렇게 말해 주지 않았다면 지금 까지도 나는 어둠 속에 머물러 있었겠지. ……변덕이든 뭐 든 긴코 할멈이 내게 준 건 진짜 부모가 준 것보다 몇 배는 더 값진 거였어."

지금도 긴코는 넌지시 햐쿠를 도와주고는 했다. 손님의 의뢰서를 배달하는 자도 긴코의 입김이 닿은 사람이었다. 하지만 그 특유의 위압감은 정말이지 견디기 힘들다고 햐 쿠는 불평했다.

"아무튼 지쳤어. 한 달에 한 번이라고는 해도 긴코 할멈의 얼굴을 보면 온몸의 기가 다 빠져나가 버린다니까. 아…… 오늘 영업은 끝이야. 고게차마루, 술을 좀 데워 줘. 미지근 해도 상관없으니까."

"흠, 네, 알겠어요."

"어라, 순순히 말을 듣다니 웬일이래. 무슨 심경의 변화이실까?"

"아무것도요. 분명히 말해 두겠지만 오늘만이에요. 아직 해도 안 졌는데 술이라니, 원래는 금지라고요."

오늘만큼은 햐쿠에게 다정하게 대해 주고 싶다고, 그런 기분이 드는 고게차마루였다.

그러나…….

집세를 내는 큰일을 마치고 겨우 한숨 돌린 것도 잠시, 한 손님이 햐쿠를 찾아왔다.

5

하쿠는 갑자기 찾아온 손님을 빤히 바라보았다. 손님이 직접 찾아오는 건 좀처럼 드문 일이다. 건실한 인간치고 괴물 공동주택에 발을 들이는 사람은 거의 없었으니까. 대다수는 이런 수상쩍은 곳에 출입하는 모습을 다른 사람에게 보이려 하지 않았으므로, 연통을 넣어 하쿠로 하여금 자신을 찾아오게 하는 것이 보통이었다.

그런데 직접 하쿠를 찾아오다니, 참으로 별난 사람이었다. 손님은 자신의 이름을 우타타로라고 밝혔다. 그는 기름 도매상의 주인으로 나이는 서른셋이었다. 몸집이 크고 통통하게 살이 쪘지만 품위 있고 착해 보이는 생김새였다. 입고 있는 옷은 화려하지는 않지만 고급스러웠고 말투도 가정

교육을 잘 받은 사람 같았다. 하지만 우타타로와 마주한 순간, 햐쿠의 목덜미가 움찔거렸다. 그로부터 범상치 않은 무언가를 감지한 것이다.

보아하니 우타타로는 수상쩍은 그림자나 불길한 빛을 휘감고 있지 않았다. 햐쿠에 대한 적의나 모멸 같은 것도 느껴지지 않았다. 남자는 그저 순진하게 미소 짓고 있었다. 사람좋아 보이는 부드러운 미소였다.

그러나 직감을 무시해서는 안 된다는 것을 누구보다도 잘알고 있었다. 햐쿠는 그와 은근슬쩍 거리를 두면서 신중하게 말을 꺼냈다.

"그래서, 찾고 싶은 게 뭐죠?"

"네, 저…… 여자를 한 명 찾아 주셨으면 합니다."

"여자? 아는 사람인가요?"

"아는 사람일 수도, 아닐 수도 있습니다. 에잇, 그냥 다 털어놓지요. 제게 어울리는 아내를 찾아서 데려와 주셨으면합니다."

"아내?"

햐쿠와 고게차마루는 무심코 서로의 얼굴을 마주 보았다. 이 또한 뭔가 아주 기묘한 의뢰였다. 집 나간 아내를 찾아달라는 거라면 그나마 이해가 되지만, 아내가 될 여자를 찾아 달라니. 그런 일이라면 영험한 신사나 절을 찾아가 기원을 드려야 하는 것 아닌가.

 햐쿠는 어안이 벙벙해 아무 말도 할 수 없었다. 하지만 우타타로의 얼굴은 진지했다. 흰 피부에 식은땀이 송골송골 맺힌 채로, 말을 쥐어짜듯 겨우겨우 털어놓기 시작했다.

 "창피한 이야기지만, 제가 아내를 맞는 건 이번이 네 번째입니다. 지금까지 세 번이나 혼례를 올렸어요. 그런데⋯⋯ 아니, 전부 다 솔직하게 말씀드리죠. 저희 어머니는 아주 지독한 시어머니라 며느리에게 너무 심하게 대하고는 하셨어요. 제가 그러지 말라고 말려도 안 보이는 곳에서 끈덕지게 괴롭혔지요. 그래서 다들 완전히 질려 버려서⋯⋯."

 "이혼하셨다는 건가요? 세 번 다?"

 "첫 번째 아내는 행방불명됐고, 두 번째 아내는 정신이 나가서 친정으로 돌려보내야 했죠. 세 번째 아내는⋯⋯ 곳간에서 목을 맸습니다."

 무시무시한 이야기였다. 옆에서 듣고 있던 고게차마루는 얼굴빛이 변했고 햐쿠 역시 몸속의 피가 식어 버린 기분이었다.

 "당신 어머니는 왜 그렇게 며느리들을 미워하는 건가요?"

 "질투겠지요. 자신의 소중한 아들을 빼앗겼다는 생각에, 며느리가 미워서 죽이고 싶다는 생각까지 드는 모양입니다. 어머니는 뭔가⋯⋯ 정신이 좀 이상한 것 같아요."

남자는 말을 멈추고 눈물을 뚝뚝 흘리기 시작했다.

"어머니께서는 갖은 고생 끝에 저를 이만큼 키워 주셨습니다. 그래서 저도 어머니를 위해서라면 무엇이든 해 드리고 싶어 마음을 쓰고 있어요. 하지만 며느리를 구박하는 것만큼은 눈감아 줄 수가 없어요. 차라리 어머니를 가둬 버릴까, 하는 생각도 몇 번이나 했는지 모릅니다. 실제로 가둬 둘 방을 마련하기도 했는데, 도저히 그렇게는 할 수가 없어서……."

"……."

"어머니와 아내, 둘 다 저에겐 소중한 사람들입니다. 둘 다 행복하게 해 주고 싶은데 아무리 노력해도 잘되지를 않아요. 그냥 차라리 평생 혼자 살까도 생각했습니다. 하지만 평범한 행복을 누리고 싶은 욕망은 참기 어렵더군요. 저도 남들처럼 아내와 자식들에게 둘러싸여 살아가고 싶어요."

그러더니 우타타로는 "부탁드립니다." 하고는 바닥에 납죽 엎드렸다.

"제발 제 아내를 찾아 주십시오! 외모는 아무래도 상관없습니다. 저보다 나이가 많아도 상관없어요. 그저 똑 부러지는 성격에, 저희 어머니 앞에서도 눈 하나 깜짝하지 않을 만큼 강한 근성이 있는 여자로 꼭 좀 찾아 주셨으면 합니다."

"자, 잠깐, 잠깐. 난 분실물 찾아 주는 사람이지, 중매쟁이가 아닌데요?"

"제가 억지를 부리고 있다는 건 저도 잘 알고 있습니다. 하지만 저는 계속해서 소중한 아내를 잃고 있어요. 그러니 이 또한 엄연한 분실물입니다. 제 말이 맞죠? 그러니 부탁드립니다. 이제 어떤 중매쟁이도 제게는 혼담을 넣으러 오지 않아요. 의지할 데라고는 여기뿐입니다."

충혈된 눈으로 매달리는 우타타로를 보며 햐쿠는 난감해지고 말았다. 사람의 인연을 보려고 한 적은 지금까지 단 한 번도 없었다. 이 왼쪽 눈의 힘으로 과연 그것을 볼 수 있을지조차 의문이었다. 하지만 의뢰를 거절하려는 햐쿠를 향해 우타타로가 간절하게 외쳤다.

"마, 만약 제 아내를 찾아 주신다면, 사례금으로 서른 냥! 서른 냥을 내겠습니다!"

덜컹.

햐쿠의 마음이 어느새 기울었다.

"해 보죠."

거친 콧김을 내뿜으며 의뢰를 받아들인 햐쿠는 우타타로에게 머리카락을 달라고 했다.

"제 머리카락이요?"

"필요할 수도 있을 것 같아서요. 몇 가닥이면 됩니다."

"하아, 네, 알겠습니다."

우타타로는 얼굴을 찡그리며 귀밑머리를 몇 가닥 뽑았다. 햐쿠는 그걸 건네받아 종이로 감싼 뒤, 우타타로에게 일단 집으로 돌아가라고 부탁했다.

"당신에게 어울리는 사람을 찾으면 제가 따로 기별을 드리죠."

"어, 얼마나 걸릴 것 같습니까?"

"글쎄요, 며칠이나 걸릴지……. 저도 이런 식으로 사람 찾는 건 또 처음이라서요. 아무튼 최선을 다할 테니 그때까지는 집에 가만히 계세요. 여긴 더 이상 찾아오지 마시고요. 알겠죠?"

햐쿠가 말을 마치자, 우타타로는 불안한 표정으로 돌아갔다. 남자가 돌아간 것을 확인한 뒤, 고게차마루는 무서운 얼굴로 햐쿠를 몰아세웠다.

"왜 저런 의뢰를 받아들인 거예요?"

"뭐야, 만날 일 좀 하라고 야단이더니. 이렇게 일을 하게 됐는데 대체 뭐가 마음에 안 드는 거야?"

"그게, 저 사람의 어머니는 지독한 시어머니잖아요! 그런 집에 또 며느리를 보내다니, 며느리가 너무 불쌍해요."

"하지만 저 남자가 계속 홀로 살아야 하는 것도 불쌍하지 않아?"

"……말은 그렇게 해도, 어차피 서른 냥을 노리는 거죠?"

"너도 천 냥 상자가 채워지는 데에 딱히 불만은 없잖아?"

햐쿠는 도리어 쏘아붙였다.

"괜찮아. 저 남자가 바라는 대로 시어머니의 구박 따위는 코웃음 치며 넘길 수 있는 강인한 여자를 찾으면 다 해결될 문제야."

"그런 사람이 과연 있을까요?"

"있지! 당연히 있을 거야! 없으면 곤란하다고!"

"……그런데 그 머리카락은 어쩌려고요?"

"이렇게 항상 품속에 넣어 두는 거지."

햐쿠는 머리카락을 감싼 종이를 안주머니에 깊숙이 찔러 넣었다.

"그 남자의 신체 일부를 가지고 있으면 부부가 될 상대와의 연이 보일지도 모르니까 말이야. 내일부터는 사람이 많이 다니는 곳을 여기저기 돌아다녀 봐야겠어. 며느리가 될 만한 여자를 어서 찾아야지."

"서른 냥이 걸렸으니까." 하고 햐쿠는 의욕을 내보였다.

그날 밤, 햐쿠는 꿈을 꾸었다. 꿈속에서 햐쿠는 깊은 물속에 있었다. 물은 한없이 푸르고 차갑거나 따뜻하지도 않았다. 주위는 귀가 먹먹해질 정도로 고요했다. 예사로운 꿈이 아니라는 걸 햐쿠는 깨달았다. 왼쪽 눈이 무언가를 보여 주려고 하는 것이다. 햐쿠는 조금도 저항하지 않고 물에 몸을 맡겼다. 그러자 스르륵 빨려 들어가듯 몸이 바닥으로 가라 앉기 시작했다.

이윽고 방이 보였다. 장지문이 꽉 닫혀 있어서 안은 전혀 들여다볼 수 없었다. 그런데도 햐쿠에게는 방 내부가 또렷이 보였다.

커다란 방이었다. 여자가 사는 방이라는 걸 바로 알 수 있었다. 횃대에는 예쁜 우치카케³가 걸려 있었고, 화려한 경대 옆에는 빗과 머리장식이 몇 개 놓여 있었다. 꽃병에는 겨울 동백이 아름답게 꽂혀 있었고, 파란색 향로에서는 은은한 연기가 피어올랐다. 햐쿠는 그 향의 냄새까지 확실하게 맡을 수 있었다.

틀림없어. 여긴 여자 방이야.

햐쿠는 방의 주인을 찾아 천천히 고개를 돌렸다. 토실토실한 개 몇 마리가 서로 뒹굴며 놀고 있었다. 깽깽거리는 새된 울음소리가 시끄러울 정도로 방을 가득 채웠다.

그때 갑자기 개 울음소리가 멎더니, 대신 남자 목소리가 울려 퍼졌다.

"어머니…… 저, 다시 아내를 맞으려고 합니다."

---

3. 무사의 부인이 걸치던 화려한 겉옷

탁, 하고 방 안쪽에 있는 장지문이 소리를 내며 열렸다. 그 건너편에는 또 다른 방이 있었는데, 그곳은 커다란 모기장이 빈틈없이 쳐져 있었고 어슴푸레한 어둠이 감돌았다.

왜 모기장 같은 걸 쳐 둔 거지. 모기 같은 건 벌써 진작에 사라졌을 계절인데.

햐쿠는 고개를 갸웃했다.

모기장 안은 한층 더 어두웠다. 새카매서 아무것도 보이지 않았다. 그런데도 어둠 속에 사람이 있다는 건 알 수 있었다. 우타타로였다.

그와 마주하고 있는 사람은 몸에 붉은 주반[4]만을 단정치 못하게 걸치고 있는 여자였다. 나이는 젊지 않았지만 어딘가 모르게 농염한 분위기를 풍겼다. 피부에는 하얀 분을, 입술에는 새빨간 연지를 발랐고 머리카락이 유난히 새카맸다.

우타타로는 여자를 원망스럽게 바라보고 있었다. 꺼림칙하다고 생각하면서도 억누를 길 없는 애틋함도 함께 배어나왔다. 어둠 속에서 둘의 모습은 전혀 보이지 않는데 어째서 이렇게 확실하게 알 수 있는 걸까. 햐쿠의 심장이 기분 나쁜 소리를 내기 시작했다.

그때 여자의 목소리가 들렸다.

---

4. 기모노 안에 받쳐 입는 속옷

"그게 좋겠구나. 하지만 서둘러선 안 돼. 이번에야말로 좋은 아내를 골라야지. 전에는 다들 엉덩이가 가벼웠어. 여기저기 남자들에게 분별없이 추파를 던지는 여자는 더 이상 이 집에 들이면 안 된다."

"요시도, 기요도, 시노도 다들 좋은 아내였습니다! 어여쁜데다 부지런하고 마음씨도 고왔지요. 그런데 그, 그런데! 셋다 어, 어머니가 저한테서 빼앗아 가셨잖아요!"

"너무하구나! 어쩜 그리 독한 말을 할까!"

여자가 흐느껴 울며 주저앉았다. 그 동작 하나하나가 매우 요염해 보였다.

"금이야 옥이야 키운 외동아들이 이렇게 나를 비난하는 날이 오다니, 이 어미는 상상도 못 했구나. 아아, 이 얼마나 불행한 일인지."

"불행한 건 바로 접니다! 아내를 들이는 족족 어머니가 괴롭혀서 죽거나 미쳐 버렸잖아요! 하지만 이번에 아내를 맞게 되면 어머니가 손끝 하나 대지 못하게 할 거예요. 반드시 지켜 내겠습니다."

"나를 내쫓기라도 할 작정이니?"

여자의 눈이 불길하게 번뜩였다.

"과연 그렇게 할 수 있을까? 나는 네 어미다. 너와 백년해로할 여자는 제대로 된 사람이어야 해. 그걸 판단하는 게 바로 어미인 내 의무 아니겠니."

"쓸데없는 참견이십니다! 아, 아무튼 이번에 맞이할 아내
는 어머니와 절대 만나게 하지 않을 테니 그런 줄 아세요."

"……네가 나를 막을 수 있을 리 없지. 그건 너도 잘 알고
있을 게다."

"시끄러워! 시, 시끄러워!"

"후후후. 너는 이 어미의 자식이야. 귀엽고 귀여운, 어미의
하나뿐인 아가란다."

"그만해! 이제 그만!"

울부짖는 우타타로를 향한 여자의 목소리는 점점 더 끈덕
지고 달콤해져 갔다. 둘의 대화를 듣고 있던 햐쿠는 속이 점
점 메스꺼워졌다. 엄마와 아들의 대화라기보다는 치정 관계
에 있는 남녀의 대화를 엿듣고 있는 것만 같아 불쾌했다.

그건 그렇고, 어째서일까?

붉은 주반을 입은 여자, 그리고 우타타로가 여기 있다는
것은 알 수 있다. 우타타로가 부들부들 떨고 있다는 것도,
여자가 의기양양한 미소를 띠고 있다는 것도 확실하게 알
겠다. 하지만 아무리 눈에 힘을 줘도 두 사람의 모습이 전혀
보이지 않았다.

뭔가 이상했다. 어떠한 의심이 마음속에 싹터 올라 무럭
무럭 자라났다. 햐쿠는 그걸 확인하기 위해 큰마음을 먹고

가까이 다가가 보기로 했다.

방 안으로 미끄러져 들어가, 조금만 더 가면 모기장 끝에 손이 닿을 것 같은 순간이었다. 문득 안에 있던 두 사람이 햐쿠의 존재를 눈치챘다.

"보지 마! 나가!"

천둥처럼 호통치는 소리에 햐쿠는 나뭇잎처럼 날아갔다. 모기장도, 놀고 있던 개들도, 두 사람이 머물러 있던 방의 모습까지도 순식간에 모두 멀어졌다.

그리고 그 기세 그대로 잠 속에서 튕겨져 나왔다. 벌떡 일어난 햐쿠의 몸은 땀으로 흠뻑 젖어 있었다.

다음 날, 햐쿠는 머리가 아프다며 이불 속에서 나오지 않았다. 그다음 날도 몸이 나른하다며 하루 종일 누운 채로 담배를 피웠다.

서른 냥을 손에 넣겠다며 그렇게 의기양양하던 모습이 거짓말같이 사라지자, 고게차마루는 고개를 갸웃했다. 사흘째 되던 날에는 겨우 일어나긴 했지만, 생각에 잠긴 듯 밥도 먹는 둥 마는 둥 했다.

더 이상 참을 수 없어진 고게차마루가 말을 걸었다.

"대체 무슨 일이에요? 계속 멍하니 앉아만 있고. 게다가 이거, 저쪽에 내팽개쳐져 있던데 괜찮아요?"

고게차마루는 조금 전 바닥에서 주운 것을 햐쿠 앞에 내밀었다. 의뢰인인 우타타로의 머리카락을 감싼 종이였다. 하지만 햐쿠는 그것을 받으려고도 하지 않았다. 그러고는 귀찮다는 듯 멍하니 말했다.

"아아, 이제 됐어, 그건. 사흘 연속으로 똑같은 꿈을 꿨으니까. 이제 지겨워졌다고."

"꿈? 꿈이라니요?"

"……"

"뭐, 어쨌든 전 상관없지만요. 그런데 이거, 아내 찾기에 필요한 거 아니었어요? 이걸 품속에 넣고 길거리를 돌아다니겠다고 했잖아요?"

"……그건 안 하기로 했어."

"그럼 아내 후보를 찾지 않겠다는 거예요?"

"응."

"아, 그거 잘됐네요."

안심한 듯 고게차마루가 웃었다.

"아무래도 위험할 것 같았거든요. 그 우타타로라는 사람에게는 안된 일이지만, 어머니가 살아 있는 한 혼인하지 않는 편이 좋을 거예요."

"……아니, 혼인은 시킬 거야."

"네?"

깜짝 놀라는 고게차마루에게 햐쿠는 갑자기 재촉하듯 명령했다.

"너, 잠깐 심부름 좀 다녀와. 지금 당장 그 남자의 집에 가서 이렇게 전해. 적당한 상대를 찾았습니다, 천애고아인 처지라 언제라도 댁으로 보낼 수 있습니다, 원하시는 날짜를 말씀하시면 그날 데리고 가겠습니다, 라고."

"에에에엑!"

고게차마루는 기겁했다.

"그, 그런 거짓말을 해도 괜찮을까요?"

"괜찮아. 거짓말이 아니니까. 여자는 내가 확실하게 데려 갈 거야."

"설마…… 햐쿠 씨 본인을 아내로 삼으라고 말하려는 건 아니죠?"

고게차마루는 당황했다.

"아, 안 돼요. 물론 햐쿠 씨라면 시어머니의 구박 따위 손톱에 낀 때만큼도 신경 쓰지 않겠지만, 그래도 반드시 되갚아 줄 거잖아요? 백배로 되돌려 줘서 시어머니를 혼쭐낼 거잖아요? 마, 만약에 햐쿠 씨가 그런 짓을 하면 이번에는 시어머니가 목을 매고 말 거예요! 아아, 안 돼요, 안 돼. 그만두는 게 좋겠어요."

"착각도 적당히 해. 내가 언제 그 집 며느리로 간다고 했

어? 바보 같은 소리 하지 말고 빨리 갔다 와! 후카가와아부
라보리에 있는 사와이야라는 기름 도매상이야. 헤매지 말고
잘 찾아가. 그 꼬리도 잊지 말고 숨기고."

"아, 네!"

고게차마루는 허둥지둥 뛰쳐나갔다. 햐쿠 역시 그 뒤를
쫓듯이 밖으로 나갔다. 그녀가 향한 곳은 세 집 건너 누군가
의 집이었다.

"사루마루! 사루마루! 안에 있어?"

햐쿠가 대답도 기다리지 않고 문을 열자, 안에 사루마루
가 있었다. 옷을 갈아입으려던 사루마루는 꺅 하고 펄쩍 뛰
었다.

"햐쿠도 참! 그렇게 갑자기 뛰어 들어오면 어떻게 해."

며칠 전과는 말투도 목소리도 달라져 있었다. 훨씬 젊고
화려했다. 예쁘게 화장을 한 얼굴, 귀엽게 머리를 묶은 모습
은 신기하게도 젊은 아가씨로밖에 보이지 않았다. 그를 본
햐쿠는 딱 좋다며 입맛을 다셨다.

"마침 딱 좋은 차림을 하고 있네. 그대로 나랑 어디 좀 가
자. 요전에 나한테 진 빚은 이걸로 청산해 줄 테니까."

"뭐? 아, 안 돼. 이제부터 한동안 시간이 안 나는걸."

"뭐야, 일이야?"

"응, 어느 노포의 영감님 댁에서 한동안 먹고 자고 할 거

야. 그 할아버지, 완전히 회춘해서 말이지. 주변 여자들을 다 자기 약혼자라고 생각하고 곁에서 떠나려고 하지를 않는데. 그래서 내가 그 약혼자로 변신해서 한동안 옆에 있어주기로 한 거야. 그러면 조금은 마음이 진정되지 않을까 싶어서."

남자로도 여자로도 자유자재로 변할 수 있는 사루마루에게는 때때로 이런 일이 들어온다. 이미 사루마루의 마음은 아가씨로 변신한 듯했다. 화려한 옷을 걸치고 나긋나긋하게 허리띠를 매는 동작은 여자 그 자체였다.

햐쿠는 혀를 찼다.

"쳇! 이런 중요한 때에! 그럼…… 혹시 신부 옷 갖고 있지? 하얀 예복 말이야. 그거 좀 빌려줘. 그리고 여자용 가발도 하나만."

"……더럽히면 안 된다?"

"알겠으니까 빨리 내놔!"

햐쿠가 서슬 퍼런 얼굴로 호통을 치자, 사루마루는 황급히 안쪽에 있던 고리짝 안을 뒤지기 시작했다.

후카가와아부라보리. 스미다강에서 흘러나온 운하 중 하나인 주고켄강의 통칭이다. 이 강가에는 기름 도매상이 많이 모여 있어서 친숙하게 아부라보리[5]라고 불렸다. 우타타로의 가게, 사와이야는 그중에서도 꽤 큰 가게로 제법 위세를 떨치고 있는 모양이었다. 가게 뒤편에는 살림집과 창고가 있고 작은 별채까지 세워져 있었다.

햐쿠가 사와이야를 찾아간 때는 의뢰를 받고 여드레 후, 해가 완전히 지고 인적이 끊긴 밤이었다. 이런 시각에 남의 집을 찾아가는 건 굉장히 상식에서 벗어난 일이지만, 그게 바로 우타타로의 요청이었다.

고게차마루로부터 '아내가 될 여자를 찾았다'는 말을 전해 들은 우타타로는 무척 기뻐했다. 하지만 혼례는 은밀하게 올리고 싶다고 했다.

"어머니가 절대로 눈치채서는 안 됩니다. 게다가…… 제가 네 번째 혼례를 치른다는 소문이 나면 아무래도 주변의 평판도 좋지 않겠죠. 다행히 상대방은 가족이 없는 듯하니 둘이서만 조용히 혼례를 올리고 싶습니다. 그래요, 닷새 뒤 밤에 가마 두 개를 보내겠습니다. 그걸 타고 오시죠. 아, 꼭 가게 뒷문 쪽으로 돌아서 오세요."

우타타로의 요청에 따라 햐쿠 일행을 태운 가마는 조용히 사와이야의 뒷문에 도착했다. 햐쿠가 먼저 가마에서 내렸다.

---

5. 기름 수로라는 뜻

뒷문 앞에는 이미 우타타로가 기다리고 있었다. 그는 가문의 문양이 들어간 검은색 예복을 입고 있었고 어두운 밤에 보아도 알 수 있을 만큼 새하얀, 새로 맞춘 버선을 신고 있었다. 화려한 혼례는 올릴 수 없지만 신부를 맞이하는 기쁨을 최대한 표현하고 싶다는 마음이 엿보였다.

무엇보다도 우타타로는 기뻐 보였다. 상기된 얼굴과 기대감에 한껏 설레어하는 모습이 마치 소년 같았다. 햐쿠에게 인사를 하면서도 그 눈은 힐끔힐끔 다른 가마 쪽을 향했다.

"그래서…… 제 아내가 될 분은?"

"네네, 소개할게요. 자, 내리렴, 케이."

쭈뼛쭈뼛 가마에서 내린 사람은 새하얀 예복을 걸친 젊은 아가씨였다. 나이는 열여덟도 채 되지 않아 보였다. 아이처럼 몸집이 작았고, 화장을 한 얼굴임에도 여전히 앳되어 보였다. 우타타로는 눈이 휘둥그레졌다.

"놀랐습니다. 이렇게나 젊을 줄이야……."

"네, 나이는 아직 열여섯이에요. 하지만 몹시 야무지죠. 어릴 적부터 고생을 많이 한 아이거든요. ……이 아이가 바라는 건 그저 사람답게 사는 거예요. 밤이면 안심하고 잠들 수 있고 매일 끼니를 먹을 수 있는. 그것만 지켜 준다면 어떤 일도 견딜 수 있다면서 이번 혼담을 흔쾌히 수락했지요."

"그거라면 걱정 없습니다."

우타타로의 표정이 단숨에 진지해졌다.

"소중하게 아끼겠다고 약속하지요. 아가씨는 우리 집의 보물입니다. 게다가 이번에야말로…… 저도 끝까지 지켜 낼 생각이니까요."

"다행이네요. 그 말을 들으니 저도 안심이에요. 이제 이 아이를 넘겨드릴 수 있겠네요. ……하지만 그전에 약속했던 보수를 받고 싶습니다만."

"아, 물론이죠."

묵직한 비단 봉투가 햐쿠의 손으로 넘겨졌다. 햐쿠는 그제야 생긋 웃었다.

"네네, 좋습니다. 그럼 부디 오래도록 이 아이를 아껴 주세요. 케이, 잘해야 한다."

"햐, 햐, 햐쿠 씨……."

아가씨는 불안한 듯 햐쿠의 소매를 붙잡았다. 햐쿠는 살며시 그 손을 떼어 내고는 우타타로의 손으로 이끌었다. 절대로 놓지 않겠다는 듯 우타타로가 그 손을 꽉 잡자, 케이는 더욱 겁을 먹고 움츠러들었다.

하지만 그 순진한 모습이 오히려 우타타로의 마음에 든 모양이었다. 그가 다정하게 속삭였다.

"괜찮아요, 케이 씨. 소중하게 아껴 줄게요. 행복하게 만들어 줄게요."

126

"자자, 우타타로 씨도 이렇게 말씀하시잖니. 너는 그저 남편을 믿고 모든 걸 맡기면 돼. 아, 방해꾼은 이만 물러갈게요. 두 분이서 좋은 시간 보내시길."

어딘가 음흉해 보이는 웃음을 지으며 햐쿠는 다시 가마에 올라탔다. 가마꾼들이 재빠르게 햐쿠와 빈 가마를 들고 사라졌다. 우타타로는 멍하니 서 있는 케이를 집 안으로 데리고 들어갔다.

집 안은 조용했다. 사람의 기척이 느껴지지 않았다. 눈동자를 데굴데굴 굴리는 케이를 본 우타타로가 웃으며 사실대로 이야기를 털어놓았다.

"어제부터 하인들에게 휴가를 줬어. 이틀 뒤 오후까지는 아무도 오지 않을 거야. 그때까지 우리 둘만의 시간을 보낼 수 있지. 자, 이리 와, 케이."

"앗, 네에……."

"귀엽구나. 이런 미인이 내 아내가 되다니 꿈만 같아. 아껴 줄게. 정말 소중하게 아껴 줄게."

우타타로는 계속해서 달콤하게 속삭이며 집 안으로 케이를 이끌었다. 이윽고 도착한 방에는 방석 두 개, 주홍빛 술잔과 축하주가 담긴 통이 놓여 있었다.

"우선 언약의 잔을 나누자. 혼례를 올리는 거니까 이 정도는 제대로 해야지. 사실은 신부 의상도 준비해 뒀는데, 설마 네가 챙겨 입고 올 줄은 몰랐어."

"죄, 죄송해요."

"사과하지 않아도 돼. 넌 정말로 예쁘구나. 귀여워, 케이."

귀엽다는 말을 들을 때마다 케이는 참을 수 없다는 듯 고개를 숙였다. 부끄러워 어쩔 줄 몰라 하는 그 모습이 우타타로의 마음을 더욱 간질였다.

"너는 정말…… 아직 순진하구나. 하지만 나는 그 점이 좋아. 앞으로 내가 너를 지켜 줄 테니까. 괜찮아. 아무 걱정할 필요 없어."

"네, 네에……."

"그럼, 일단 거기 앉아. 술잔을 나누자."

아직 긴장이 풀리지 않은 듯했지만, 케이는 순순히 잔을 들고 연지 바른 입술로 술을 홀짝였다.

그리고…….

털썩, 하고 앞으로 쓰러졌다. 우타타로는 자리에서 잽싸게 일어섰다. 그의 눈은 이상할 정도로 번뜩이고 있었다.

"괜찮아. 금방 깨어날 테니까. 이제 됐어. 이렇게 하지 않으면 위험해. 널 지켜야 해. 지켜야 한다고."

우타타로는 쉴 새 없이 중얼거리며 자그마한 신부를 안아 올렸다. 그러고는 재빨리 별채로 향했다. 별채의 옷방 문을 열자 지하로 이어지는 계단이 보였고, 그 끝에는 굵은 격자로 된 문이 달린 방이 있었다.

감방이었다. 안에는 여러 가지 물건들이 있었다. 귀여운 소품과 이불, 장롱 그리고 작은 병풍 뒤에는 변기까지 갖춰져 있었다.

우타타로는 이불 위에 케이를 눕히고는 조심스럽게 그 옆에 따라 누웠다. 움직임이 없는 케이를 힘주어 끌어안은 채 그는 쉰 목소리로 속삭였다.

"괜찮아. 우리는 좋은 부부가 될 수 있어. 너는 내 귀여운 비밀 신부야. 네가 이 집에 온 건 아무도 몰라. 아무도 모르게 할 거야. 그러니 안심하고 그저 내 것이 되면 돼."

우타타로는 거친 숨결을 내뿜으며 케이를 향해 몸을 기울였다.

그때 케이가 번쩍 눈을 떴다. 그와 동시에 벌떡 일어나서 우타타로의 손을 뿌리치고 도망치려 했다. 하지만 더 이상 앞으로 나갈 수 없었다. 우타타로가 케이의 옷자락을 붙들었기 때문이다. 우타타로는 옷자락을 꽉 움켜쥔 채 자리에서 일어났다.

"어라, 케이는 수면제가 잘 안 듣는 모양이네. 이렇게 빨리 눈을 뜰 줄은 몰랐어."

"사, 살려 줘!"

케이의 새된 비명에 우타타로가 미소 지었다.

"괜찮아. 이곳에서는 그렇게 소리를 내도 아무도 눈치 못 채. 이 감방 밖으로는 아무 소리도 새어 나가지 않거든. 네가 이 집에 온 건 비밀이야. 아무에게도 알려져선 안 돼. 어머니가 살아 계신 동안에는 여기 숨어 있는 게 오히려 안전할 거야. 괜찮아, 무서워하지 마. 그러니까 이리 와. 우리 진짜 부부가 되자."

"시, 싫어! 싫어, 싫어! 햐쿠 씨, 사, 살려 줘요!"

좁은 방 안을 도망쳐 다니는 케이와 맹수처럼 그 뒤를 쫓는 우타타로. 케이가 겨우 격자문 밖으로 빠져나와 계단을 올라가려고 하자 우타타로가 재빠르게 앞질렀다. 급기야 우타타로는 케이를 붙잡고는 바닥에 깔아 눕혔다. 케이가 소스라치게 비명을 지른 바로 그때였다.

"동작 그만!"

기세 좋게 날아온 향로가 우타타로의 뒷머리에 퍽, 하고 명중했다. 고통에 신음하는 우타타로의 몸 아래에서 케이가 버둥거리며 빠져나와 계단 쪽으로 향했다.

그곳에는 햐쿠가 서 있었다. 그녀의 푸른 눈은 형형하게 빛나고 있었다. 그 모습에 살기 비슷한 것이 넘쳐흘렀다. 케이는 햐쿠에게 달려가 매달리며 엉엉 울었다.

"으아아아앙! 이, 이제 끝인 줄 알았어요! 수, 수, 순결을 잃는 줄만, 아, 알았다고요오오오!"

"뭐 이런 일 가지고 울고 그래? 사내아이 주제에 엄살은."

"어, 엄살이라뇨! 진짜로 조금만 늦었어도 큰일 날 뻔했다고요!"

"하하하핫! 화낼 기운이 있는 걸 보니 아직 괜찮은 모양이네. 자, 이제 울음 뚝 그쳐. 그 가발도 좀 벗고. 그러고 있으니 너 같지 않아서 자꾸 웃음이 나오잖아."

"햐, 햐쿠 씨가 억지로 씌웠으면서!"

비틀비틀 일어선 우타타로는 자기 신부가 가발을 휙 벗어던지고 통통한 남자아이로 변신하는 모습을 보고는 눈이 휘둥그레졌다.

"꼬, 꼬맹이……?"

"그래, 당신한테 심부름을 갔던 고게차마루야."

"나, 날…… 속였구나. 어째서?"

"글쎄, 어째서일까?"

"……."

햐쿠는 입을 꽉 다물고 있는 우타타로를 빤히 바라보았다. 색이 다른 양쪽 눈이 묘하게 빛났다. 조용하지만 상대방의 창자를 후벼 파는 듯한 날카로운 눈빛이었다.

"당신을 처음 봤을 때, 왠지는 모르지만 목덜미가 오싹했어. 지극히 건실한 남자로 보였는데 말이야. 그래서 뭔가 이상하다는 생각에 당신을 좀 조사해 보기로 했지. 고게차마루는 그럴 시간을 벌어 준 거였고. 덕분에 여러 가지를 알아 냈지 뭐야. 자, 잠깐이라도 한숨 돌리는 게 좋을 거야. 앞으로 할 이야기가 산더미처럼 쌓여 있으니까. 그래, 우선은 당신 어머니 이야기부터 해 볼까."

우타타로의 얼굴빛이 바뀌는 것도 아랑곳하지 않고 햐쿠는 천천히 이야기를 시작했다.

"며칠 전, 나는 이 근처를 돌아다니면서 사람들에게 물어봤어. 다미 씨라고 한다지? 당신의 어머니. 근방에서도 미인 이라는 평판이 자자했지만, 십 년 전쯤에 병을 앓아서 얼굴이 완전히 바뀌어 버렸다더군. 그 이후로 이 별채에 틀어박혀서 사람들 앞에 나서지 않았다던데. 게다가 성격도 완전히 뒤틀려서는 며느리를 들일 때마다 심하게 괴롭히고 말이야. 그 밝고 쾌활하던 사람이 저렇게 변하기도 하는구나. 다들 그렇게 생각하고 있더라고."

"……그게 어쨌다는 겁니까?"

"당신은 새 아내를 맞은 걸 비밀로 하고 싶었던 모양이지만, 다미 씨는 이미 오늘 밤의 일을 알고 있어."

"뭐, 뭐라고?"

"자, 다미 씨, 나와요. 당신을 만나고 싶으니까."

그렇게 말한 햐쿠는 뒷짐 진 손에 숨기고 있던 것을 우타타로를 향해 휙 던졌다. 화장 분이 들어 있는 작은 사발과

연지 통 그리고 붉은 주반이었다. 그걸 보자마자 우타타로의 모습이 다시금 변했다.

"아, 아, 아아아악!"

뭐라 형용할 수 없는 소리를 내지르면서 우타타로는 여성용 주반을 몸에 걸쳤다. 그러더니 손으로 화장 분을 얼굴에 마구 칠하고 입술에 연지를 문질러 댔다.

그렇게 괴상한 화장을 마친 우타타로가 눈에서 광기 어린 빛을 뿜으며 외치기 시작했다.

"나가! 여기서 나가! 내 아들에게 접근하지 마!"

"당신이 다미 씨인가?"

"그래, 우리 집에 멋대로 잘도 굴러들어 왔구나, 이 도둑고양이 같으니! 썩 나가! 너처럼 출신도 알 수 없는 여자를 며느리로 맞을 뻔하다니, 용서 못 해! 내가 이딴 혼례를 허락할 것 같아? 이 매춘부! 걸레 같으니!"

악에 받친 목소리, 질투와 악의로 가득 찬 눈매는 조금 전까지의 우타타로에게는 찾아볼 수 없던 것이었다. 고게차마루는 아까와는 너무나도 달라진 그의 모습에 놀라 주저앉을 뻔했다.

하지만 햐쿠는 꿈쩍도 하지 않은 채, 상대가 제 풀에 지쳐 나가떨어지기를 기다렸다. 그러고는 조용히 말했다.

"당신은 그렇게 아내들을 몰아붙였군요, 우타타로 씨."

"우타타로? 나는 우타타로가 아니야!"

"아니, 당신은 우타타로야. 어머니인 척하고 있지만 사실은 본인 그대로지. 이제 슬슬 눈을 떠!"

햐쿠는 채찍을 휘두르듯 날카로운 목소리로 호통쳤다. 하지만 우타타로는 인정하지 않았다. 여전히 새된 비명을 질러 대며 자신이 다미인 척 계속해서 욕을 퍼부었다. 답답해진 햐쿠는 갑자기 두 손을 짝 마주쳤다. 그 소리에 우타타로는 흠칫하며 입을 다물었다.

"여전히 체념을 못 하는군. 하는 수 없지. ……나는 이 집에서 봐야 할 것들은 전부 봤어. 그러니 당신한테도 꼭 보여 줘야겠네."

대체 무슨 소리를 하는 건지 이해가 안 된다는 듯, 우타타로는 의아한 표정을 지었다. 햐쿠는 그 틈을 놓치지 않고 재빨리 우타타로에게 다가갔다. 양손으로 우타타로의 얼굴을 꽉 부여잡은 햐쿠는 그의 얼굴을 정면으로 마주했다. 왼쪽 눈을 빛내며 햐쿠는 소리쳤다.

자, 내 눈을 봐, 우타타로! 봐, 저기! 저 남자아이가 바로 당신이잖아? 아버지의 장례식을 마친 참이네. 나이는 열셋 즈음 됐을까? 나이에 비해 몸집이 커서 오히려 당신 옆에 있는 어머니가 아이처럼 보이는군. 내 눈을 피하지 마. 그런 짓 해 봤자 소용없으니까.

흐음, 그렇군. 당신 어머니는 정말로 미인이네. 화려한 분위기의 미인은 아니지만 소녀 같은 애교와 화사함을 잃지 않은 귀여운 여자야. 상복을 입어도 그 미모는 사라지지 않는군. 저래서야 얼마든지 재혼할 수 있다며 주변에서 가만두질 않겠어.

하지만 당신 어머니는 당신이 가게를 제대로 운영할 수 있는 나이가 될 때까지 혼담이 들어와도 계속 거절했지. 그렇게 몇 년이 흐른 뒤, 결국 당신은 젊은 나이에 어엿한 가게 주인으로 성장하게 됐어. 당신 어머니는 그제야 겨우 어깨의 짐을 내려놓을 수 있었지. 그렇게 되자 자연스럽게 재혼 이야기에도 응할 마음이 들었어.

그러나 당신은 그걸 받아들일 수 없었지. 사랑하는 어머니가 자기를 떠나려 한다는 사실을 용납할 수 없었던 거야. 당신은 분노에 휩싸인 채 하루하루를 보내다가 결국 자아를 잃고 말았어.

아아, 저길 봐. 똑바로 봐야지. 흡사 질투에 미친 남자처럼 어머니한테 따지고 드는 당신의 모습을. 그리고 그 뒤에 한 짓도. 이제는 똑똑히 봐야만 해.

……엄청난 짓을 저질렀군. 어머니도 설마 자신이 애지중지하던 아들에게 죽임을 당할 줄은 꿈에도 생각하지 못했

겠지. 아니야? 그런 짓을 했을 리가 없다고?

아아, 그렇겠지. 당신이 제정신이었다면 그런 짓을 하지 않았을 거야. 결국 제정신으로 돌아오자 당신은 자신이 저지른 짓을 알고 견딜 수 없었어. 그래서 애초부터 없던 일로 만들기로 했겠지.

당신은 우선 별채를 지은 다음 어머니의 물건을 그곳으로 옮겼고, 마치 어머니가 살고 있는 것처럼 위장했어. 주위 사람들에게는 어머니가 병을 앓은 뒤 외모가 망가져 버렸다고 말하고는 가까이 다가오지 못하게 했지. 어머니의 식사는 반드시 직접 별채로 들고 가면서 지극하게 어머니를 보살피는 모습을 연출했어.

집 안에서 여러 마리의 개를 기른 이유도 이미 알고 있어. 어머니 몫으로 준비한 식사를 처리하기 위해서였겠지?

이런 교활한 방법들은 당신의 어머니를 살아 있는 사람으로 만들었고, 실로 당신은 능숙하게 행동했어. 덕분에 몇 년씩이나 아무도 눈치채지 못했지. 외모가 흉해진 데다 마음까지 병들었다고 소문을 내면 세상 사람들은 의심하지 않아. 집 안에 틀어박힌 채 밖으로 나오지 않는 것도 당연하다고 납득할 수밖에 없을 테니까.

다미 씨가 정말 가여워. 아들에게 살해당했을 뿐만 아니라 제대로 된 장례도 치르지 못한 채 기름 속에서 흐물흐물

썩어 가다니, 이렇게 비참한 일이 또 어디 있겠어.

아아, 그것도 알고 있지. 당신은 어머니의 유해를 기름 항아리에 넣었어. 기름에 담그고 밀랍으로 입구를 봉하면 악취가 새어 나오기 어렵거든. 머리 좀 굴렸네. 게다가 그 항아리를 애지중지 별채에 옮겨 두기까지 하다니. 아아, 그래, 모기장 안을 봤지.

나는 솔직히 당신이 무서워. 당신의 광기는 그 뒤로도 이어졌어. 나이가 찼으니 혼담이 들어오는 건 당연한 일이었을 테니까.

당신이 처음 아내로 맞은 아가씨는 젊고 귀여웠어. 어딘지 모르게 어머니를 닮았달까? 그 바람에 당신이 홀딱 반했던 모양이야. 첫 번째 아내와는 한동안 화목하고 행복하게 생활했어. 하지만 이 아가씨가 당신의 마음속 괴물을 다시금 깨우고 만 거야.

자, 봐. 당신의 아내가 웃고 있어. 가게를 방문한 손님을 상대로 소소하고 일상적인 이야기라도 나누고 있는 거겠지. 하지만 그걸 보고 있는 당신의 눈을 봐. 어때? 질투로 불타고 있네.

당신은 아내가 다른 남자를 향해 웃어 준 걸 용서할 수 없었어. 맞은편 가게의 주인과 인사를 나누기라도 하면, 그 녀석과 바람을 피우는 게 아닌지 의심을 지울 수 없었겠지. 사랑하는 마음이 지나친 나머지 미움으로 번진 걸까?

하지만 당신은 그 일로 아내에게 따지거나 할 수 없었어. 그건 당신이 해서는 안 될 일이었지. 어디까지나 아내에게 다정한 남편으로만 있으려 했던 당신은 자신의 질투와 증오를 그대로 어머니에게 떠넘기기로 한 거야.

어머니가 되어 버린 당신은 마음껏 아내들에게 욕하고 혼을 낼 수 있었어. 붉은 주반을 입고 분칠한 얼굴로, 엉덩이가 가볍다는 등 바람둥이라는 등 음란하다는 등 하면서 말이야. 자, 웃으면서 여자들을 때려눕히는 모습이 어때? 꽤 즐거워 보이는걸. 나 원 참, 자기 편할 대로 모습을 바꾸다니.

하지만 그런 남편의 처사에 아내들은 견디지 못했어. 차라리 정신을 놓아 버린 두 번째 아내가 가장 나았을지도 모르지. 적어도 목숨만은 건졌으니까.

무슨 소리냐고? 아까 말했잖아? 모기장 안을 봤다니까. 그 항아리 두 개. 하나는 다미 씨가 들어 있고, 다른 하나에는 행방불명됐다던 첫 번째 아내가 들어 있지?

내게는 보였어. 당신에게도 보여 줄게. 자, 봐 봐. 항아리가 둘 다 증오로 불타고 있잖아. 저 시커먼 불꽃을 보고도 시치미를 뗄 작정이야? 항아리 안쪽이 핏빛 손자국으로 뒤덮여 있는 게 지금 당신 눈에도 보이지?

자, 이제 알겠지? 당신은 구제할 길 없이 질투심 많고 잔인한 사람이야. 다정함 따위는 털끝만치도 없지. 여자를 잡아다 묶고, 가두고, 때리고, 욕하기를 좋아하는 남자. 자신이 홀로 남는 게 무서워서 견디지 못하는 엄청난 겁쟁이. 죽인 여자들조차 손에서 놓지 못하고 항아리에 넣어서 곁에 둘 정도로 탐욕스러운 주제에 자신의 악행을 받아들이지 못하는 소심한 놈.

그게 바로 당신이야, 우타타로!

끄응, 하고 신음 소리를 내며 우타타로가 뒤로 쓰러졌다. 입에서는 거품을 내뿜고 있었고 눈은 뒤집어져 흰자위가 보였다. 고게차마루는 혹시 죽어 버린 것은 아닌가 생각하며 숨을 들이켰다.

"햐, 햐쿠 씨!"

"괜찮아. 정신을 잃은 것뿐이야. 계속 눈을 돌리고 회피하던 자신의 진짜 모습을 확실하게 봤으니 정신이 버티지 못한 거야. 정말 한심하군."

그렇게 내뱉는 햐쿠의 몸이 흔들리고 있었다. 왼쪽 눈의 힘을 너무 많이 쓴 탓에 머릿속이 불타듯 뜨겁고 욱신거리기 시작했다. 황급히 안대를 했지만 고통은 쉽게 가라앉지 않고 눈앞이 어질어질했다. 오른쪽 눈에도 어둠이 내려앉았는지 앞이 잘 보이지 않았다.

그때 고게차마루가 햐쿠의 손을 붙잡았다.

"괜찮아요, 햐쿠 씨?"

"……고게차마루."

선명하게 느껴진 손의 감촉에 마치 구원받은 기분이 든 햐쿠는 무심코 고게차마루의 손을 마주 잡았다.

"너, 밤눈은 밝아?"

"물론이죠. 캄캄한 어둠 속에서도 대낮이랑 별 차이가 없어요."

"다행이다. 그럼 나를 집까지 데리고 가 줘."

"알겠어요. 아, 그 전에 이 신부 의상 좀 벗어도 돼요? 움직이기 힘든데."

"벗는 건 괜찮지만 버리고 가면 안 돼. 사루마루가 빌려준 거니까. 가발이랑 같이 깨끗하게 돌려주지 않으면 엄청 잔소리를 퍼부어 댈걸."

"네, 네. 잘 챙겨 갈게요."

고게차마루는 신부 의상을 잽싸게 벗어서 둘둘 감은 다음, 가발과 함께 끈으로 묶어서 등짝에 동여맸다.

"자, 그럼 갈까요?"

"아아, 그래."

햐쿠는 다시 한번 뒤를 돌아보았다. 그러고는 여전히 바닥에 쓰러져 있는 우타타로를 향해 조용히 말했다.

"아내는 찾아 주지 못했지만 당신의 본성은 찾아 줬으니, 이제 앞으로는 진정한 자신의 모습으로 살 수 있겠지."

고게차마루의 손에 이끌려 햐쿠는 계단을 올라갔다.

그날, 사와이야를 빠져나오는 두 사람의 모습을 본 사람은 아무도 없었다.

기름 도매상 사와이야의 주인, 우타타로의 시체가 발견된 것은 그로부터 이틀 후의 일이었다. 스스로 목에 식칼을 찔러 넣어 자살한 것이다. 평소 그에게 그럴 만한 낌새는 털끝만치도 느껴지지 않았던 만큼 다들 깜짝 놀랐다.

하지만 진짜 소란이 일어난 것은 그다음이었다. 우타타로의 시체 양옆에 있던 두 개의 커다란 항아리 속에서 백골로 변한 시체가 발견되었기 때문이다. 그 안에 같이 들어 있던 옷과 비녀를 보건대, 두 시체는 우타타로의 어머니인 다미와 첫 번째 아내인 요시라는 사실이 밝혀졌다.

늘 다정하고 온화하며 하인들로부터도 인망이 두텁던 우타타로가 어머니와 아내의 시체를 감추고 있었다니. 특히 그의 어머니는 그동안 멀쩡히 살아 있다고 알려져 있었던 만큼 충격은 더 컸다.

"언제부터 죽어 있었지?"

"그보다 어떻게 죽은 거지?"

"분명 우타타로가 죽인 것이 틀림없어. 요시도 그럴 거야."

"그 사실을 계속 숨겨 왔지만 결국 양심의 가책을 견디다 못해 자살한 거겠지."

이 사건은 에도 전체에 대대적으로 널리 퍼졌고 그 뒤로도 한동안은 호사가들의 입에 오르내리지 않는 날이 없었다.

6

사와이야 사건이 일어나고, 이후 햐쿠와 고게차마루는 한동안 평온한 나날을 보낼 수 있었다. 의뢰는 간간이 들어오기는 했지만 사라진 고양이를 찾아 달라거나 아내가 멋대로 팔아 버린 춘화를 되찾아 달라는 등 그럭저럭 평범한 의뢰뿐이었다.

오싹할 정도로 특이한 사건은 하나도 없었고, 따라서 손에 들어오는 보수도 고만고만했다. 고게차마루도 "역시 평범한 의뢰는 돈이 안 되네요." 하고 무심코 투덜거렸을 정도였다.

"저기, 햐쿠 씨…… 벌써 십이 월이에요! 이제 한 달만 있으면 새해가 된다고요!"

"으응? 그래서 뭐 어쨌다는 거야? 빨리 떡 빚을 준비라도 하라는 거야?"

"제 말은, 그러니까 이제 곧 산에서 축제가 열린다는 뜻이 에요! 요 몇 년 동안 비늘을 한 개도 찾지 못했으니, 주인님 도 춤을 선보이지 못해서 산이 해마다 황폐해지고 있어요. 내년이야말로 주인님께서 멋진 춤을 추지 않으시면 산에 사는 생명들한테 정말 큰일이 일어날 거라고요!"

"아아, 그렇군. 그것참 안타깝네."

햐쿠는 코를 후비적거리며 마음에도 없는 대답을 했다.

"나야말로 얼른 천 냥을 모으고 싶다고. 그런데 세상 사람 들이 이렇게 인색해서야 방도가 없지. ……네가 달걀을 넣 은 우동이라도 만들어 준다면 좀 더 의욕이 날 것 같기는 한데."

"으이이익!"

파르르 화를 내면서도 고게차마루는 우동을 준비하기 시 작했다. 하지만 마음이 복잡했기 때문이었을까? 파를 썰다 가 실수로 손가락을 베이고 말았다. 상처가 생각보다 깊었 는지 피가 튀었다.

"아얏!"

고게차마루가 비명을 지르자 금세 햐쿠가 달려왔다.

"무슨 일이야, 소리를 다 지르고! 어?"

피를 뚝뚝 흘리는 고게차마루를 보자 햐쿠의 눈이 치켜 올라갔다.

"아유, 참! 뭘 하는 거야! 조심해야지!"

"흐에에……."

"지금 울고 있을 때야? 자, 이 손수건으로 꾹 눌러. 상처에 바르는 약이 어딘가에 있을 거야. 인간들이 바르는 거지만 네게도 효과가 있을지 몰라. 자, 빨리 이리 오라니까. 둔해 빠져가지고."

온갖 짜증에 혼을 내면서도 햐쿠는 고게차마루의 상처에 연고를 듬뿍 바른 뒤 새 손수건을 찢어서 단단히 동여매 주었다. 겨우 통증이 가시자 고게차마루는 안도했다. 햐쿠에게 약간 고마운 마음도 들었다. 바닥이 더러워진다는 둥 약이 아깝다는 둥 온갖 불평을 퍼붓기는 했지만 상처를 치료해 주었다는 사실에는 변함이 없었다.

한동안 햐쿠에게 "더 열심히 일하세요!" 하고 재촉하는 것은 그만두자고, 고게차마루는 결심했다.

그러나…….

이래저래 시간이 흘러 눈 깜짝할 사이에 십이 월도 반이 지나 버렸다. 그리고 햐쿠의 천 냥 상자는 여전히 바닥을 드러내고 있었다. 이래서는 안 된다는 생각에 고게차마루는 초조해졌다. 이대로라면 햐쿠의 천 냥 상자에 금화가 모이

기까지 수십 년이 걸릴 것이다.

그 말인즉, 햐쿠 앞으로 수십 년은 더 고게차마루를 부려 먹을 것이라는 뜻이었다. 그렇게 된다면 요전에 사와이야에서 당했던 것과 같은 일이 또 일어날지도 모른다. 여장을 하고 남자 앞에서 교태를 부리라며 햐쿠가 명령할지도 모를 일이었다.

"그, 그러다 언젠가는 정말로 내 순결이…… 히, 히이이익!"

떠올리는 것만으로도 꼬리털이 전부 뽑히는 것만 같은 기분이었다. 무엇보다 수십 년이나 고향에 돌아가지 못하다니 생각하기도 싫었다.

여기에 눌러앉은 지도 어느덧 한 달하고도 보름이 지났다. 고게차마루는 산이 그리워서 견딜 수가 없었다. 졸졸 흐르는 계곡물, 이끼 냄새로 가득한 나무 구멍 속의 고요, 산 정상에서 바라보는 반짝이는 별들. 그러한 것들이 이곳에는 없었다.

돌아가고 싶어. 산으로 돌아가고 싶어.

그러기 위해서라도 어떻게든 빨리 돈을 벌어야 한다는 생각에 고게차마루는 햐쿠에게 달려갔다.

"햐쿠 씨! 십이 월도 벌써 반이나 지났어요! 이제 곧 올해가 끝난다고요! 그런데 천 냥 상자에 있는 건 마흔 냥뿐이에요. 이래선 안 돼요. 이렇게 손님을 기다리기만 해서는 안 된다고요. 밖으로 나가요! 어려움에 처한 사람을 우리가 먼저 발견해서 도와주고 보수를 받는 거예요."

"으응~?"

햐쿠는 나른한 듯 고게차마루를 돌아보았다. 요즘 제법 추워진 탓인지 햐쿠는 작은 고타쓰[6]에서 고양이처럼 몸을 둥글게 만 채 좀처럼 밖으로 나가려 하지 않았다. 지금도 고타쓰에 들어간 채로 하품 섞인 대답을 할 뿐이었다.

"싫어."

"싫다니, 왜요!"

"추워. 힘들어. 귀찮아."

"으이이이이익!"

"시끄럽네. 그럴 거면 차라리 네가 일거리를 찾아봐. 부자에다가 어려움에 처한 사람으로 말이야. 네가 일을 찾아온다면 그때는 나도 열심히 해 볼 테니까. 흐, 흐아아아암……."

이번에는 더 크게 하품을 했다. 고게차마루는 울컥했다.

"알겠어요. 그럼 제가 일을 찾아올게요."

"지금 나가려고? 내 점심밥은?"

"가끔은 직접 챙겨 먹어도 되잖아요?"

---

6. 나무 탁상에 이불을 덮고 그 아래에 화로를 넣은 온열 기구

고게차마루는 그렇게 내뱉고 밖으로 뛰쳐나갔다. 겨울 하늘은 쾌청하고 눈이 시릴 정도로 깨끗한 하늘색으로 물들어 있었다. 바람은 차가웠지만 덕분에 정신이 바짝 드는 느낌이었다.

뜨거워진 머리에서 김을 모락모락 내뿜으며, 고게차마루는 빠른 걸음으로 거리를 걸어갔다. 마음속으로 햐쿠에 대한 원망을 쏟아 내면서.

게으름뱅이. 고집쟁이. 술고래. 칠칠맞지 못하고, 입도 험하고. 정말이지 구제할 길 없는 인간이야. 하필이면 왜 그런 인간한테 주인님의 비늘이 들어가 버린 거람? 더 순진하고 착한 인간이었다면 비늘도 흔쾌히 넘겨줬을 텐데.

차라리 억지로 빼앗고 싶었지만 고게차마루에게는 그럴 힘이 없었다. 그 또한 고게차마루에게는 답답하고 분통 터지는 일이었다. 결국 햐쿠의 바람대로 천 냥을 모으게 하는 것이 비늘을 찾을 수 있는 가장 빠른 길인 셈이었다.

고게차마루는 사람이 많고 큰 가게들만 모여 있는 길로 향했다. 연말이 가까워지다 보니 거리는 사람들로 붐볐다. 다가올 새해를 맞이해 모두가 약간 들뜬 듯이, 그리고 바쁜 듯이 걸음을 옮기고 있었다.

고게차마루는 활기로 가득한 인파 속을 힘겹게 걸어갔다. 고게차마루라는 이름을 부여받아서인지 인간 세계에서도 어느 정도는 생활할 수 있게 되었다.

하지만 그렇다고 해도 이렇게 사람이 붐비는 곳은 여전히 견디기 힘들었다. 수많은 사람들의 냄새와 기척은 산에서는 느껴지지 않는 것이었으니까. 마치 독이 퍼지는 것처럼 금방 온몸이 지치고 말았다.

흐에엑, 하고 비틀거리던 그때였다. 전에는 느껴 본 적 없는 낯선 냄새가 고게차마루의 코끝을 간질였다. 녹슨 철처럼 짙고 독특한 냄새. 이건 공포의 냄새였다.

게다가 끈적거리는 진흙 같은 불안의 냄새도 느껴졌다. 두 냄새 다 무척 강했다. 한두 명의 것이 아니었다. 여러 명의 인간이 무언가를 두려워하고 겁내고 있는 것이었다.

무슨 일이지, 하며 고게차마루는 무심코 냄새를 쫓아 옆길로 들어갔다. 큰길에서 벗어나자 무척 조용했다. 대로변 가게들의 뒤편에는 상인들의 거주지가 자리하고 있었다. 이런 번화한 거리에 큰 가게를 낼 정도이니, 상인들의 집도 하나같이 꽤 훌륭해 보였다.

그런데 그중 한 집에서 이상한 긴박감이 흘러넘치고 있었다. 높은 울타리 너머 안쪽에서부터 느껴지는, 강하게 억눌려 있는 듯한 부자연스러운 침묵이었다. 하지만 마냥 고요하기만 한 것은 아니었다. 이따금씩 흐느껴 우는 소리가 들려왔다.

이름도 들렸다.

"하루키치."

"하루키치."

누군가 죽었나 싶어 고게차마루가 고개를 갸웃하던 때였다. 그 집의 쪽문이 벌컥 열리더니 안에서 일곱 살 정도의 여자아이가 뛰쳐나왔다. 하인인 것 같지는 않았다. 아무래도 이 집의 딸인 듯했다. 귀여운 기모노를 입고 머리카락도 깔끔하게 묶고 있었다.

하지만 그 얼굴은 눈물로 엉망이었다. 눈물 때문에 앞도 잘 보이지 않았을 것이다. 뛰쳐나오던 소녀는 쿵, 하고 고게차마루와 부딪혔다.

"으악!"

"앗, 죄송합니다!"

"괘, 괜찮아. 난 멀쩡해. ……너야말로 괜찮아?"

소녀의 얼굴이 다시 일그러졌다. 코끝이 더욱 빨개지더니 눈에서 눈물이 뚝뚝 흘러넘치는 것을 보고, 고게차마루는 영문도 모른 채 당황하고 말았다.

"잠깐! 우, 울지 마!"

"으, 으아아아아아앙! 아아아아아앙!"

마음 깊은 곳에서부터 솟구치는 듯한 울음소리였다. 동시에 슬픔과 불안의 냄새가 단번에 강렬해졌다. 코가 막힐 듯

강한 냄새에 고게차마루는 멈칫했다. 이 집에서 느껴지는 기척, 이 아이의 울음과 냄새. 이건 보통 일이 아니었다.

고게차마루는 소녀를 진정시키기 위해 계속 말을 걸었고, 어떻게든 이야기를 들어 보려고 했다. 끈질긴 노력 끝에 소녀의 눈물이 조금씩 멎기 시작했다.

히끅 히끅, 하고 딸꾹질을 하던 소녀는 아키네라고 자신의 이름을 밝혔다. 일곱 살인 이 소녀에게는 세 살 아래의 남동생이 있었는데, 그 아이가 그만 사라져 버렸다고 했다.

"사라졌다니, 언제부터?"

"그저께부터. 부, 부모님도, 할아버지 할머니도, 유, 유, 유괴당한 거래. 동생을 유괴한 녀석은 도, 돈을 노리는 거래. 그래서 계속 기다리고 있어. 엄마는 한숨도 못 자고 계속 기다리기만 해."

아키네의 가족은 아이를 데려간 범인이 몸값을 요구하며 연락해 오기를 기다리고 있던 중이었다. 언제든 건넬 수 있도록 거금을 준비한 채로 그저 아들이 무사하기만을 빌면서. 농후한 공포의 냄새가 나는 것도 당연한 일이었다.

이야기를 듣고 있던 고게차마루에게 아키네가 매달리듯 말했다.

"하지만 나, 나는 알아. 하루키치는 분명 창고 안에 있어! 어디에도 갈 리가 없어! 그, 그게, 내가 봤는걸!"

하루키치가 사라진 그날, 아키네와 동생과 함께 집 안에서 숨바꼭질을 하며 놀고 있었다고 한다. 술래가 된 아키네는 이십까지 다 세고 나서 동생을 찾기 시작했다. 그리고 얼마 지나지 않아 복도를 걷다가 동생이 안뜰에 세워진 창고 안으로 들어가는 모습을 본 것이다.

아키네는 화가 났다고 한다. 집 안에만 숨기로 한 규칙을 동생이 어겼기 때문이었다. 규칙을 어기다니 용서할 수 없었다.

"그, 그래서 조금 혼내 주려고. 내, 내가 창고에 다가가서 문을 닫아 버렸어. 하루키치에게는 문이 너무 무거울 테니까, 절대 나올 수 없으니까, 조금만 혼내 주려고."

아키네는 웃음을 꾹 참으며 그대로 창고를 떠났고, 이윽고 점심시간이 되자 하루키치가 없어진 걸 식구들이 알아챘다고 한다. 아키네는 아무렇지 않게 "창고 쪽으로 가는 걸 봤어." 하고 알려 주었다.

하지만…….

창고 안에 하루키치는 없었다. 구석구석 찾아보았지만 네 살 아이의 모습은 그림자도 보이지 않았던 것이다. 어쩌면 집 안에 숨어 있는 건지도 모르겠다며, 식구들은 집 안을 샅샅이 뒤졌다.

"하루키치, 어서 나오렴. 이제 숨바꼭질은 끝났단다. 하루키치. 하루키치."

아무리 부르고 외쳐도 대답은 들려오지 않았다. 끝내 하인들까지 동원되어 집 밖으로 수색 범위를 넓혔다. 하지만 하루키치를 발견한 사람은 아무도 없었다.

이쯤 되면 장난으로 숨어 있다고는 할 수 없었다. 길을 잃은 것도 아니었다. 분명 몸값을 노린 자가 유괴한 것이다. 얼굴이 하얗게 질린 아키네의 부모에게 집안의 어른인 할아버지가 진정하라며 타일렀다.

"돈이 목적인 거라면 분명 하루키치는 무사할 거다. 범인도 어린아이를 상대로 거친 행동은 하지 않겠지. 아무튼 좀더 기다려 보자. 분명 연락이 올 게야. 그때까지는 관청에도 알리지 말도록 해라."

그렇게 하룻밤이 흘렀지만 아직까지 아무런 연락도 오지 않았고, 하루키치의 행방은 여전히 묘연했다. 아키네는 몇 번이나 호소했다. 하루키치는 창고에 있을 거라고. 더 잘 찾아보라고.

하지만 어린아이의 말은 아무도 믿어 주지 않았다. 분하기도 하고 하루키치가 걱정되기도 하는 마음에 아키네는 미칠 지경이었다. 또한 이 모든 게 자기 탓인 것만 같아 죄책감마저 들었다.

애초에 하루키치를 창고 안에 가두지 않았더라면, 그대로 그냥 숨바꼭질을 계속해서 하루키치를 찾았다면 이런 일이 벌어지지 않았을지도 모르는데.

자책감에 시달리던 아키네는 집에 내려앉은 공기가 너무나 무거워서 견디지 못하고 결국 밖으로 도망쳤다. 그리고 고게차마루와 마주친 것이다.

"나 때문에…… 내, 내가 하루키치를 제대로 찾기만 했더라면……. 만약 그, 그 아이에게 무슨 일이라도 생겼으면 어떻게 해!"

고게차마루는 또다시 울기 시작하는 아키네의 머리를 가만히 쓰다듬어 주었다.

"괜찮아. 내가 물건 찾기의 달인을 알고 있거든. 유괴를 당했든, 미아가 됐든 그 사람이라면 반드시 하루키치를 찾아낼 수 있을 거야."

"저, 정말? 그런 사람이, 정말 있어?"

"응, 단 공짜는 아니야. 돈을 내야만 찾아 주는 사람이긴 한데……."

"괜찮아!"

지푸라기라도 잡는 듯한 눈빛으로 아키네는 몸을 불쑥 내밀었다.

"돈은 부모님이 내줄 거야! 하루키치를 찾아 주기만 한다면 잔뜩 사례를 할 거야! 부탁해! 그 사람한테 이야기해 줘.

동생을 찾아 줘! 부탁이야!"

고게차마루는 알겠다며 고개를 끄덕였다. 그와 동시에 머릿속으로는 어떻게 하면 햐쿠를 고타쓰에서 끌어낼 수 있을지 생각하고 있었다.

예상대로 햐쿠는 추워 죽겠다고 불평했지만 의외로 순순히 고타쓰에서 나왔다. 사라진 아이가 큰 상점의 자식이라는 말을 듣자 의욕이 생긴 모양이었다.

아무튼 고게차마루는 안심했다. 어린아이는 연약하다. 게다가 요 며칠 동안은 날씨가 꽤 추웠다. 어디 있든 빨리 찾아야 했다.

아키네가 기다리는 집으로 안내하는 고게차마루의 걸음이 자연스럽게 빨라졌다. 그런 고게차마루의 뒤로 햐쿠가 찰싹 붙어서 따라왔다. 따라 걸으면서 햐쿠가 입을 열었다.

"그래서, 너는 어떻게 생각해? 여자아이의 말대로 그 아이가 정말 아직도 창고 안에 있을 것 같아?"

"모르겠어요. 아키네는 그렇게 믿고 있는 것 같고, 거짓말을 하는 것 같지도 않았어요. 그렇지만 창고 안은 구석구석 찾아봤다고 하니, 거기 있을 리는 없을 거예요."

어쨌든 멀쩡히 살아 있던 아이가 흔적도 없이 사라졌다는 것은 말도 안 되는 일이었다. 아키네는 확실히 창고 안에 동생을 가두었다. 하지만 하루키치는 어떠한 방법을 써서 혹은 누군가에 의해 창고를 빠져나왔을 것이다.

고게차마루는 그렇게 생각하고 있었지만 햐쿠의 생각은 다른 모양이었다. 햐쿠는 목소리를 낮추어 말했다.

"유괴나 미아 말고도 또 하나 생각할 수 있는 게 있어. ……바로 가미카쿠시야."

"가미카쿠시……."

알 수 없는 이유로 사람이 홀연히 사라지는 가미카쿠시. 마물에게 끌려갔거나, 어느 순간 우연히 열린 다른 세계로 통하는 구멍에 빠졌거나 또는 요괴가 마음에 들어서 데려갔거나.

그렇다면 보통 사람의 손으로는 구해 낼 수 없다. 더더욱 햐쿠의 힘이 필요했다.

"햐쿠 씨는…… 가미카쿠시로 사라진 사람을 찾아 달라는 의뢰를 받은 적 있어요?"

"있었지, 몇 번인가. 하지만 그게 모두 마물이나 신의 소행은 아니었어. 아무도 모르는 오래된 우물에 빠졌거나, 산속에서 발을 헛디뎌 강물에 빠졌거나 하는 일로 행방불명이 됐을 뿐이지. ……뭐가 됐든 간에 아직 살아 있어야 할 텐데."

살아 있기만 하다면 하루키치를 구해 낼 수 있다. 햐쿠의 말에 고게차마루는 몇 번이나 고개를 끄덕였다.

두 사람이 상인의 집 뒤편으로 돌아가자 쪽문에서 아키네가 그들을 기다리고 있었다. 다시 돌아온 고게차마루, 그 뒤를 따르는 햐쿠를 본 아키네의 눈이 별처럼 반짝였다.

"다행이다! 이 사람이야? 하루키치를 찾아 줄 사람이?"

"맞아, 햐쿠 씨라고 해."

"자, 잘 부탁드립니다! 부디, 부디 우리 하루키치를 찾아 주세요!"

아키네는 햐쿠를 향해 필사적으로 머리를 숙였다. 햐쿠는 약간 난처한 얼굴로 "그만둬." 하고 말했다.

"그렇게 머리를 숙이면 왠지 모르게 몸 여기저기가 근질거린다고. 시간도 아깝고 말이야. 얼른 찾아 줄 테니까 우선 동생이 쓰던 물건을 보여 줄래? 그리고 마지막으로 모습을 봤다는 창고에도 데려다주고."

"아, 네!"

햐쿠와 고게차마루는 아키네의 안내에 따라 문을 열고 들어섰다. 아키네는 우선 두 사람을 창고 앞으로 안내한 다음, 집 안으로 들어갔다가 작은 공을 가지고 돌아왔다.

"여기, 동생이 좋아하던 거예요."

"어디 보자."

햐쿠가 쓰고 있던 두건을 살짝 올린 다음 안대를 풀자 아키네는 움찔했다. 푸른 눈을 보게 될 거라고는 조금도 생각하지 못했을 것이다. 하지만 아키네는 숨을 멈춘 채 뚫어져라 바라보면서도 도망치려는 기색은 없었고 소리를 지르지도 않았다.

햐쿠는 그런 아키네가 마음에 든 모양이었다. 희미한 미소를 띤 채 아키네의 손에서 공을 받아 들었다. 고게차마루가 조급하게 물었다.

"어때요?"

"글쎄, 좀 기다려. 지금 하루키치라는 아이의 기척을 확실하게 구분하는 중이니까. ······아아, 이거로군. 응, 좋아. 이걸로 따라갈 수 있겠어."

햐쿠는 "고마워." 하며 공을 아키네에게 돌려준 뒤 다시금 창고 쪽으로 돌아섰다. 그러고는 창고 안을 찬찬히 둘러보더니 조용히 말했다.

"이거야 원, 아키네의 말이 맞을지도 모르겠는걸."

"네?"

"꼬마 하루키치는 이 안에 있는 것 같아. 들어간 흔적은 확실하게 보이는데 나온 흔적이 보이지 않아. ······그래, 틀림없이 이 안이야."

"하, 하루키치!"

햐쿠의 말에 아키네가 달려들듯 창고 문을 열었다. 무거

운 문이 끼이익, 하고 열리자 안에서 먼지와 어스름한 기운
이 스르륵 빠져나왔다. 햐쿠는 뛰어들려는 아키네를 말리며
안으로 들어가 주의 깊게 걸음을 옮겼다.

큰 상점의 창고인 만큼 저마다 다양한 크기의 상자와 고
리짝이 산처럼 쌓여 있었다. 개중에는 아이가 쉽게 숨을 수
있을 법한 큰 상자도 있었지만, 햐쿠는 그것들을 그냥 지나
치고 더욱 안쪽으로 들어갔다.

그 뒤를 따르던 고게차마루는 문득 멈칫했다.

이 냄새, 이 기척. 아아, 설마……!

그러나 고게차마루가 소리를 내기도 전에 햐쿠가 무언가
를 발견했다.

"뭐야, 이건?"

햐쿠의 눈길이 바닥에 아무렇게나 놓여 있는 단지에 머물
렀다. 어른 머리만 한 크기의 그 단지는 언뜻 화병처럼 보였
지만 군데군데 찌그러지고 만듦새가 조잡했다. 장인의 손으
로 만든 것이라고는 도저히 생각할 수 없는 모양이었다.

하지만 그 빛깔만큼은 훌륭했다. 단지에 아낌없이 발린
유약은 어스름 속에서도 확실히 돋보이는 깊은 청색을 띠
고 있었다. 그것은 햐쿠의 왼쪽 눈과 완전히 똑같은 색이기
도 했다.

그 사실을 깨달은 것인지 아닌지, 아무튼 햐쿠는 그 단지

에서 쉽게 눈을 떼지 못했다.

"뭔가 묘해. 이걸 보고 있으니 왼쪽 눈 안쪽이 은근하게 뜨겁단 말이지. 게다가…… 하루키치의 기척은 이 단지 앞에서 끊겨 있어. 이상하네. 마치 이 안에 숨어 있는 것 같기도 하고. 하지만 그게 가능할 리가 없는데."

햐쿠는 그렇게 중얼거리며 빨려들 듯 단지 가까이로 다가갔다. 하지만 그때까지도 고게차마루는 미처 소리를 내지 못하고 있었다. 너무나도 예상치 못한 일에 머릿속이 새하얘져서 말문이 막혀 버린 것이다.

찾았다! 이런 곳에 한 개가 더 있었다니!

하루키치를 찾던 일도 깡그리 잊어버린 채, 고게차마루는 간신히 입을 열어 소리를 냈다.

"주인님이에요, 햐쿠 씨!"

"뭐라고?"

"주인님이요! 비늘! 그 단지 안에 있어요!"

"농담이지?"

"정말이라니까요! 이 기척은 틀림없어요! 우와, 믿을 수가 없어. 내가 두 개나 발견하다니!"

호들갑을 떠는 고게차마루의 앞에서 햐쿠가 "어디? 어디?" 하며 단지 안으로 손을 집어넣었다.

그 순간 햐쿠가 사라졌다. 눈 깜짝할 사이에 슈르륵, 하고 단지 안으로 빨려 들어가 버렸다.

단지 안은 칠흑 같은 어둠으로 가득했다. 숨은 쉴 수 있지만 공기가 무거워서 마치 물속에 있는 것만 같았다. 빛이 전혀 없는데도 안에 있는 것은 확실하게 볼 수 있었다. 물의 덩어리가 거품처럼 둥둥 떠다니며 빛나고 있었다. 국화와 싸리, 모란 등의 꽃가지도 여기저기 흩날리고 있었다.

마찬가지로 단지 안으로 빨려 들어왔을 고양이와 쥐의 모습도 보였다. 하지만 그것들은 전부 죽은 채 바싹 말라붙어 있었다. 시간이 흐르지 않는 듯한 이 단지 안의 세계에서도 죽음이라는 것은 있는 모양이었다. 그런 곳에 떨어지고 말았다는 사실에 햐쿠는 오싹한 기분이 들었다. 동시에 자신을 향해 격렬한 분노가 솟구쳤다.

바보, 바보, 바보! 수상쩍다는 걸 알았으면서! 단지에서 느껴진 묘한 기척이 그저 산신의 비늘 때문일 거라고 방심한 채 조심성 없이 손을 집어넣다니, 바보 같은 짓도 정도가 있지.

몸을 자유롭게 움직일 수는 있었지만, 왼쪽 눈의 힘을 빌려도 출구 비슷한 곳은 찾을 수 없었다. 어쩌면 이 안에서 영원히 나갈 수 없을지도 모른다. 죽은 상태로 어둠 속을 둥둥 떠다니는 자신의 모습이 머릿속에 그려지자, 햐쿠는 순간 정신을 놓은 채 소리를 지르고 싶어졌다.

하지만 그러는 대신, 햐쿠는 자신의 팔을 붙잡고 손톱을 꾹 박아 넣었다. 아팠다. 아프다는 건 아직 살아 있다는 뜻이다. 심장이 격렬하게 뛰고 있으니, 그 또한 살아 있다는 증거. 이 심장 소리가 사라질 때까지 포기할 수는 없지.

게다가 아직 희망은 있었다. 밖에는 고게차마루가 있으니까. 고게차마루는 보통 꼬맹이가 아니었다. 인간이 아닌 존재이며 햐쿠의 왼쪽 눈에 깃든 산신의 비늘을 원하고 있었다. 햐쿠는 못 본 체하더라도 비늘은 절대 포기할 리 없었다. 비늘을 되찾기 위해 어떻게든 손을 쓸 것이다. 지금은 그것이 유일하고도 가장 큰 희망이었다.

"부탁할게, 고게차마루. 비늘을 위해서만이라도 좋으니까 우선 날 좀 구해 줘."

그렇게 중얼거리고 나니 약간 초조해졌다.

이런 상황에서 아무런 힘도 쓰지 못한 채 누군가를 믿고 의지해야 하다니. 게다가 상대는 친구도 뭣도 아닌, 그냥 군식구일 뿐인데.

하지만 구질구질하게 그런 생각을 해 봤자 소용없다고, 햐쿠는 재빠르게 마음을 고쳐먹었다. 여기서 빠져나갈 방법은 고게차마루에게 맡겨 두고 우선 내가 할 수 있는 일을 하자고.

무겁게 얽혀 오는 어둠을 헤치며 햐쿠는 아래쪽으로 잠수

하기 시작했다.

사라졌다는 아이, 하루키치. 분명 온 가족에게 애지중지 사랑받으며 자랐을 아이. 공에서 찾아낸 하루키치의 기척은 포근한 노란색이었다. 그 노란색 기척이 가느다란 연기처럼 아래쪽에서 피어오르고 있었다.

있다. 틀림없이 저 아래에.

창고에 들어간 하루키치는 안쪽 바닥에 놓여 있던 단지의 푸르른 빛깔에 매료되어 안을 들여다보려고 했을 것이다. 그리고 햐쿠와 마찬가지로 단지 속으로 빨려 들어갔음에 틀림없다. 아이가 무사하기를 바라며 햐쿠는 노란색 연기가 피어오르는 곳을 향해 내려갔다.

드디어 힘없이 둥둥 떠 있는 작은 아이를 발견했다. 햐쿠는 서둘러 다가가 그 손을 잡았다. 아이의 손이 너무 축축하고 차가워서 햐쿠는 문득 간담이 서늘해졌다. 하지만 눕힌 상태로 확인해 보니 아직 숨은 붙어 있었다.

살아 있다. 그런데 왜 이렇게 여위었지?

몸에서 흘러나오는 생기는 미약했고 피부는 밀랍처럼 창백했으며 닫힌 눈꺼풀은 붉게 부어올라 있었다. 마치 조금 전까지 울고 있었던 것만 같았다. 하지만 볼에는 눈물의 흔적이 남아 있지 않았다.

햐쿠는 눈을 뜨지 않는 아이를 양팔로 끌어안고 이리저리 흔들었다.

"이봐, 하루키치! 너 맞지? 일어나! 정신 차려!"

햐쿠의 외침에도 하루키치는 전혀 반응하지 않았다. 대신 다른 존재가 대답했다.

"그렇게 금방 죽게 만들지는 않아. 그래서야 제대로 즐길 수나 있겠어?"

모래알처럼 까끌까끌한 그 목소리는 사람의 것이 아니었다. 햐쿠는 고개를 번쩍 들었다. 바로 눈앞에 주위의 암흑과는 또 다른, 거무튀튀한 것이 있었다. 마치 덩어리 같기도 하고 안개 같기도 했다. 그것은 형태를 이루는가 싶다가도 흐물거렸고 오그라들었다가 다시 커지기도 했다.

도무지 종잡을 수 없는 그 녀석에게는 눈도 입도 없었다. 하지만 햐쿠는 그것의 강렬한 시선과 끝없는 악의가 자신을 향하고 있다는 것을 분명히 알 수 있었다.

괴물이다.

햐쿠의 등줄기를 따라 식은땀이 주륵 흘러내렸다. 하지만 나약함과 두려움은 절대 얼굴에 드러내지 않았다. 햐쿠는 움직이지 않는 아이를 감싸며 날카롭게 상대를 노려보았다.

"너, 뭐야?"

"몰라. 이름은 없어. 힘이 약하고 머리도 멍하던 무렵에

이 안에 갇혔지. 그 뒤로 줄곧 여기에 있었어. 여기에서 더 커지고, 강해지고, 영리해졌지."

"……."

필시 이것은 원래 잡귀였거나 이름도 없는 요기 덩어리 같은 것이었으리라고 햐쿠는 짐작했다. 지극히 미약한 그림자의 파편. 그것이 단지 안으로 흡수되었다.

갇혔다는 자각이 없으니 단지 안의 세계는 훌륭한 보금자리였을 것이다. 편안하고 안전한 데다 때때로 먹잇감들도 떨어져 들어오니까.

그림자는 그렇게 조금씩 힘을 얻어 이런 괴물로 자라난 것이 틀림없었다. 괴물은 기쁜 듯 형태 없는 몸을 흔들었다.

"너, 예쁘네. 무척 힘이 세고 맛있어 보여. 기쁘다. 굉장한 먹잇감이 와 줘서. 아이도 좋았지만 네가 훨씬 더 좋아."

슈왁, 하고 몸이 풀어지는 듯하더니 괴물은 어느새 몇 개나 되는 가느다란 팔이 되어 햐쿠를 향해 뻗어 왔다.

"다가오지 마!"

햐쿠는 화난 목소리로 외치며 양손을 짝 마주쳤다. 그 사이에서 생겨난 소리는 눈에 보이지 않는 칼날이 되어 괴물의 팔을 베어 냈다.

아주 어릴 적부터 햐쿠는 마물에게 온갖 위협을 받으며 자라났다. 때문에 자기 몸을 지키기 위해 그들을 쫓아내는 기술을 독자적으로 고안해 냈다.

우선은 기백. 그게 핵심이었다. 결코 다가오게 놔두지 않겠다는 강렬한 마음으로 손뼉을 친다. 그 소리가 칼날로 변해 상대를 베어 내는 모습을 마음속으로 그리면서. 대부분의 마물은 이런 방법으로 퇴치할 수 있었다.

하지만…….

이번에는 실패였다. 충격을 받은 괴물의 몸이 한 번 흩어졌지만 그림자는 곧 파리 떼처럼 다시 모여 하나로 뭉쳐졌다. 그림자는 유쾌하다는 듯이 웃었다.

"히야, 강하군. 역시 강해. 밖에서 그 기술에 당했다면 이 몸도 갈기갈기 찢겼겠어. 하지만 안타깝군. 여긴 내 구역이거든. 지금은 내 배 속이나 다름없지."

"그래서 어쨌다고!"

햐쿠는 호통을 쳤다.

"네가 형태를 유지하지 못하도록 계속 손을 마주치면 될 일이야! 그렇게 아무렇지 않은 척해도 분명 고통스러워하고 있다는 걸 알겠어. 더 이상 고통을 느끼고 싶지 않다면 나와 이 아이에게 다가오지 마! 냉큼 꺼져!"

"후후후. 기가 센 점도 마음에 들어. 너처럼 강한 여자를 울리는 건 분명 엄청나게 즐거울 거야. 네게서 짜낸 눈물은 녹아내릴 듯 달콤하겠지."

츄릅, 하고 축축한 혀를 날름거리는 소리가 났다. 햐쿠는 웃음이 났다.

"나를 울린다고? 진심으로 그게 가능하다고 생각해?"

"어렵지 않아. 확실히 너는 강철처럼 단단한 마음을 지니고 있지만……. 나는 머리가 좋은 편이거든. 가까이 다가가지 않아도 널 울릴 방법은 얼마든지 있어."

그러더니 "이런 건 어때?" 하고 갑자기 몸의 형태를 바꾸었다. 검은 구름처럼 펼쳐져 있던 형체가 순식간에 작고 짙은 덩어리로 뭉쳐지더니 온통 새카맣던 표면이 다양한 색으로 변하기 시작했다.

그리고 그곳에 한 여자가 나타났다. 젊지는 않지만 촌티 없이 세련되고 아름다운 얼굴이었다. 하지만 표정은 험악했고 햐쿠를 노려보는 눈빛에는 독기가 서려 있었다.

그 눈빛을 마주한 햐쿠는 온몸이 거품이 되어 녹아내리는 기분이 들었다. 논리나 의지로는 어떻게 할 수 없는 공포가 몸속 깊은 곳에서부터 치솟아 올랐다.

"이, 이런 깜찍한 짓을…… 하, 하다니."

쥐어짜 낸 목소리도 자신의 것이라고는 생각하기 어려울 만큼 연약하게만 느껴졌다.

안 돼. 공포에 빨려 들어가지 마. 이건 절대 그 사람이 아니야. 그 사람은 이제 나에게 상처를 줄 수 없어. 상처받던 시절보다 나는 훨씬 더 강해졌고, 아니 애초에 이건 가짜야. 괴물이 변신한 것에 불과해.

그렇게 스스로에게 되뇌어 보아도 몸의 떨림을 멈출 수는 없었다. 그런 햐쿠를 놀리기라도 하듯, 여자가 밉살스러운 목소리로 퍼부었다.

"백일기도를 올려서 겨우 점지 받은 아이가 설마 괴물이었을 줄이야. 그래, 너는 괴물이야. 그런 눈을 가진 아이가 우리 아이일 리 없지. 어디서 분명 바꿔치기를 당했을 거야. 괴물이 진짜 내 아이는 데려가고 대신 자기 아이를 두고 간 게 틀림없어! 아아, 그 눈으로 날 보지 마! 쳐다보지 마! 여길 보지 마, 이 괴물아!"

화살처럼 쏟아지는 말 하나하나에는 강렬한 악의가 담겨 있었다. 시간이 자꾸만 과거로 되돌려지는 듯했다.

결국 햐쿠는 몸도 마음도 쪼그라들어, 오로지 두려움에 떠는 것밖에 할 수 없던 어린 시절의 소녀가 되어 버렸다. 소녀는 눈물을 글썽이며 여자를 불렀다.

"엄마……."

햐쿠는 꼼짝도 할 수 없었다.

고게차마루는 그 자리에 못 박힌 듯 서 있었다. 햐쿠가 사라졌다. 단지 안으로 빨려 들어가 버렸다. 두 눈으로 똑똑히 보고 있었는데도 믿기지 않았다. 핏기가 가신 얼굴로 고게차마루는 뒤에 있는 아키네를 돌아보았다. 아키네의 얼굴도 창백했다.

"바, 바, 방금……."

"아키네도 봐, 봤지?"

"응, 햐쿠 씨가…… 저 안으로……."

역시 환상이 아니었던 것인가.

한숨을 쉬는 고게차마루의 앞에서 아키네는 오들오들 떨기 시작했다.

"어, 어떻게 해! 분명 하루키치도 저 안에 있을 거야! 아아, 어쩌지? 깨, 깨뜨리면 둘 다 나올 수 있을까?"

"앗! 안 돼! 함부로 다가갔다가는 똑같은 일이 일어날지도 몰라!"

황급히 아키네를 말리며 고게차마루는 필사적으로 생각했다.

일단 현재까지 우리 두 사람은 무사하다. 단지에 가까이 다가간 햐쿠도 손을 안에 넣기까지는 아무렇지 않았다. 그렇다면 안에 들어가려고 하는 것만을 빨아들인다는 것일까?

"아키네, 저건 무슨 단지야?"

"자, 잘 몰라. 여기는 자주 들어올 일도 없었고. 하, 하지만 전에 할아버지가 해 줬던 이야기가 있어. 증조할아버지가 취미로 도자기 만드는 걸 좋아하셨대. 솜씨가 엉망이라 무엇 하나 쓸 만한 게 없었지만 딱 하나, 무척 아름다운 푸른색 단지를 만들었다고 들었어."

"푸른색 단지……."

"응, 원래는 검은색 단지를 만들려고 했는데 어째선지 그것만 파랗게 됐대. 하지만 그 단지도 역시 사용할 수는 없었다고 해. 물을 넣거나 꽃을 꽂아도 어느샌가 모두 사라져 버렸대. 증조할아버지는 결국 화가 나서 단지를 창고에 처박아 버렸다고, 할아버지가 웃으면서 말씀하셨어."

고게차마루는 심각한 표정으로 입을 다물었다. 하지만 머릿속은 팽팽 돌아가고 있었다. 아키네의 증조할아버지가 만들었고, 그중 하나만 푸르게 물든 단지. 아마 흙 속에 산신의 비늘이 섞여 들어간 뒤 모르는 사이에 반죽이 되어 구워졌을 것이다.

햐쿠의 눈에 깃든 비늘이 햐쿠에게 기이한 힘을 부여한 것처럼, 이 비늘도 단지에 힘을 부여했을 것이다. 온갖 것들을 빨아들이게 된 현상도 그것이라면 설명이 된다.

이제 어떻게 해야 하지? 단지를 깨면 틀림없이 비늘은 회수할 수 있다. 안전하고 간단한 방법이다. 그런데 안에 빨려들어간 햐쿠 그리고 하루키치는 어떻게 될까? 단지를 깨서 무사히 나오면 다행이지만 과연 정말 그렇게 될지는 알 수 없는 노릇이었다. 확신할 수 없는 이상 함부로 손을 댈 수는 없다.

아니, 이참에 햐쿠를 포기하면 어떨까? 대신 비늘 하나는 확실하게 손에 넣을 수 있다. 그걸 가지고 산으로 돌아가면 산신님은 기뻐하며 고게차마루를 치하할 것이다. 그리고 힘차게 새해의 춤을 선보일 수 있겠지.

그렇게 되면 황폐해진 산에 초록이 돌아올 것이다. 풀과 꽃이 싹 트고 실개천은 강이 되어 흐르고, 짐승과 새도 다시 새끼를 낳고 기를 수 있게 될 것이다. 산에 사는 생명들을 생각하면 반드시 새해 전까지는 비늘을 가지고 돌아가야 한다. 하지만 그러기 위해서 햐쿠와 하루키치를 희생시켜야 한다니, 무언가 잘못되었다는 기분이 들었다.

아니, 잠깐 기다려. 애초에 단지를 깨면 햐쿠와 하루키치를 구할 수 없다고 정해진 것도 아니잖아? 깨뜨리면 오히려 두 사람을 구할 수 있을지도 몰라.

여러 가지 생각이 머릿속에 떠오르며 고게차마루의 마음을 긁어 놓았다. 그 긁힌 상처에 가슴이 얼얼하게 아파 왔고 눈앞이 캄캄해졌다. 정신을 차려 보니 고게차마루는 단지에 손을 뻗고 있었다.

이걸 들어 올려서 바닥에 내던진다면…… 그리운 산으로

돌아갈 수 있어!

하지만 고게차마루가 손에 힘을 준 순간, 문득 손끝이 눈에 들어왔다. 상처는 거의 아물어 있었다. 요전에 식칼에 베였을 때의 상처라는 사실이 떠올랐다. 그리고 또 다른 추억이 떠올랐다. 이 상처를 치료해 준 게 바로 햐쿠였다는 것.

그랬다. 고게차마루를 혼내면서도 햐쿠는 서둘러 상처를 치료해 주었다. 연고를 발라 주었고 아까운 기색도 없이 새 손수건을 찢어서 상처를 동여매 주었다.

그러고 보니 그날 밤에 외식을 했었지. "오늘은 왠지 닭고기 전골이 먹고 싶어." 하며 햐쿠가 억지를 부린 것이다. 돌이켜 생각해 보니, 그건 아마도 손을 다친 고게차마루에게 저녁 식사 준비를 시키지 않기 위해서 햐쿠 나름대로 배려해 준 게 아니었을까?

고게차마루는 격렬한 초조감과 치밀어 오르던 향수가 스르륵 가라앉는 것을 느꼈다.

"햐쿠 씨를…… 구해야 해."

마음을 굳게 먹고 고게차마루는 뒤를 돌아보았다. 아키네가 웅크린 채 동생의 이름을 부르며 훌쩍훌쩍 울고 있었다. 고게차마루는 아키네를 일으켜 세우고 그 얼굴을 들여다보았다.

"아키네, 도와줘. 두 사람을 구해야지!"

"히끅! 뭐, 뭘 하면 되, 되는데?"

"우선 밧줄이 필요해. 아주 긴 밧줄을 찾아서 가져다줄 수 있겠어?"

고게차마루의 결심이 전달되기라도 한 듯, 아키네의 눈동자도 총명한 빛을 되찾았다.

"아, 알겠어. 금방 돌아올 테니까 기다려."

창고에서 뛰쳐나간 아키네는 고게차마루의 말대로 긴 밧줄을 가지고 돌아왔다.

"고마워. 이거면 되겠어."

고게차마루는 창고 기둥에 밧줄 끝을 단단히 묶은 다음, 다른 한쪽을 자신의 허리에 묶었다. 아키네는 그제야 무언가를 깨달은 듯했다.

"새, 생명 줄이구나?"

"맞아. ……나, 이 단지 안에 들어갈 거야. 아키네는 여기서 기다려."

"나도 같이 가는 게 낫지 않을까?"

"안 돼. 여기 있어 달라는 건 이 밧줄을 지켜봐 달라는 뜻이야. 혹시라도 밧줄이 끊어지면…… 새로운 밧줄을 가져와서 단지 안으로 던져 줘. 우리들이 그걸 붙잡고 돌아올 수 있도록. 이건 무척 중요한 역할이야. 해 줄 수 있지?"

알겠다는 듯 아키네는 고개를 끄덕였다. 고게차마루는 양

손으로 밧줄을 붙잡은 뒤, 발끝을 푸른색 단지 안으로 슬쩍 뻗었다. 눈 깜짝할 새에 아무런 감각도 없이 고게차마루는 그대로 단지 안으로 빨려 들어갔다.

창고도, 단지도, 아키네의 모습도 더 이상 보이지 않았다. 주변에 보이는 것이라고는 칠흑 같은 어둠과 그 안을 떠도는 쓰레기 같은 것들뿐. 하지만 허리에 꽉 동여맨 밧줄은 확실하게 위쪽으로 이어져 있었다. 이 밧줄을 따라가면 나갈 수 있을 것이다.

마음을 다잡은 고게차마루는 햐쿠와 하루키치를 찾기로 했다. 미적지근하게 고여 있는 공기를 들이켜자 익숙한 냄새가 콧속으로 미끄러져 들어왔다. 햐쿠였다.

그리고 또 다른 냄새가 났다. 아키네와 비슷한 냄새이니 분명 하루키치일 것이다. 둘 다 가까이에 있는 모양이었다. 밧줄 길이도 충분했다. 고게차마루는 냄새를 따라 곧바로 어둠 속을 헤엄치기 시작했다.

머지않아 아이를 발견했다. 작고 여린 몸이 죽은 물고기처럼 둥둥 떠 있었다. 그 바로 옆에 햐쿠가 있었다. 햐쿠는 어둠에 휘감긴 채, 거미줄에 걸린 날벌레처럼 움찔거리며 몸부림치고 있었다.

그것만으로도 고게차마루는 숨이 멎을 것만 같았지만 이내 더욱더 경악할 만한 광경을 목격했다. 햐쿠가, 다른 사람

도 아닌 그 햐쿠가 울고 있었던 것이다. 그것도 보통 울음이
아니었다. 겁에 잔뜩 질린 어린 아이처럼 엉엉 울고 있었다.
다부진 빛이 사라져 버린 햐쿠의 두 눈에서는 하염없이 눈
물이 쏟아져 내렸다.

그 뒤로 웬 시커먼 그림자가 햐쿠를 꽉 껴안은 채 그 눈물
을 할짝할짝 핥으며 환희의 비명을 내지르고 있었다. 신물
이 올라올 정도로 역겨운 광경이었다.

하지만 놀란 것도 잠시, 이윽고 고게차마루의 몸 깊은 곳
에서부터 분노가 솟구쳤다. 햐쿠가 울고 있는 모습을 보자
화가 치민 것이었다.

"으아아아아아앗!"

고게차마루는 기합을 내질렀다. 그와 동시에 햐쿠를 옭아
매고 있던 그림자에 달려들어 손으로 쥐어뜯고, 때리고, 발
로 차고, 물어뜯었다. 어느새 소년에서 새끼 너구리의 모습
으로 돌아와 있었지만 그것조차 깨닫지 못했다.

때려도, 몸을 들이받아도 반응은 없었다. 하지만 고게차
마루의 강한 분노와 기백에 그림자도 어느 정도 고통을 느
낀 모양이었다. 끝내 햐쿠의 몸에서 떨어져 나오더니 안개
처럼 뿔뿔이 흩어지며 뒤로 물러났다.

고게차마루는 그림자를 노려보며 햐쿠에게 매달렸다.

"햐쿠 씨! 저, 정신 차려요! 일어나요!"

몸을 잡고 세게 흔들어 대자 햐쿠가 고게차마루를 바라보았다. 그 눈에 또다시 새로운 눈물이 차오르더니 순식간에 흘러넘쳤다.

"그만해요! 잘못했어요!"

"햐, 햐쿠 씨?"

푸른 왼쪽 눈을 감추듯이 손으로 누르고, 겁먹은 채 뒷걸음질하는 햐쿠의 모습에 고게차마루는 어안이 벙벙했다. 아마도 고게차마루를 알아보지 못한 것 같았다. 햐쿠는 몸을 덜덜 떨면서 계속 소리쳤다.

"이제 말 안 할게요! 이상한 게 보여도, 안 보이는 척할게요! 하지만 정말 내가 그런 게 아니에요. 그것만은 알아주세요, 엄마! 내가 시킨 게 아니라고요. 나는 보이기만 할 뿐이라고요! 그러니까 화내지 마세요! 때, 때리지 마세요! ……죄송해요, 잘못했어요! 기분 나쁜 아이라 죄송해요! 평범한 아이가 아니라 죄송해요! ……싫어, 싫어! 그만! 그만해……!"

심장을 꿰뚫는 듯 비통한 목소리였다. 귀를 틀어막고 싶을 만큼 슬픈 말들이었다.

햐쿠는 자신을 기생집에 팔아넘긴 부모 때문에 기생이 되었다. 이건 고게차마루도 이미 알고 있는 사실이었다. 하지만 그뿐만이 아니었다. 햐쿠는 이미 그전부터 부모에 의해

176

몸도 마음도 갈기갈기 찢기고 있었던 것이다.

햐쿠의 과거를 엿본 고게차마루는 햐쿠와 마찬가지로 몸을 부들부들 떨기 시작했다.

얼마나 괴로웠을까.

또 얼마나 슬펐을까.

어느새 다시금 형태를 갖추기 시작한 그림자가 떨고 있는 고게차마루에게 속삭였다.

"돌려줘. 있잖아, 그거 내 거거든? 돌려줘. 맛있단 말야. 이 여자의 눈물만큼 맛있는 건 먹어 본 적이 없어."

"햐쿠 씨에게 무, 무슨 짓을 한 거야!"

"환상을 보여 줬지. 이 여자가 절대 보고 싶어 하지 않는 것, 절대 떠올리고 싶어 하지 않는 것을. 이 여자는 강해. 정말로 강하지. 하지만 마음은 상처투성이야. 조금만 할퀴면 금세 새빨간 피가 솟구치지. 후후후, 정말 싱겁게 주술에 걸려들었지 뭐야."

"네, 네놈이!"

"네게도 보여 줄까? 응? 귀여운 너구리야, 보여 줄까?"

그림자가 흔들거리며 넓게 펼쳐지기 시작했다. 고게차마루는 황급히 눈을 피했다. 자신까지 주술에 걸릴 수는 없는 노릇이었다.

저 괴물 녀석이 손을 쓰기 전에 빨리 햐쿠를 정신 차리게 해야 한다.

하지만 생각할 겨를이 없었다. 그림자는 어느새 둘 앞으로 바짝 다가와 있었다. 초조해진 고게차마루는 햐쿠의 손을 덥석 잡았다.

"죄송해요, 햐쿠 씨!"

그러고는 햐쿠의 손을 있는 힘껏 깨물었다. 작지만 날카로운 이빨이 햐쿠의 부드러운 살 속으로 파고들자 입 안으로 피가 흘러들어 왔다. 진한 피 맛에 고게차마루는 이유도 없이 눈물이 나올 것만 같았다. 하지만 더더욱 턱에 힘을 주었다.

"아, 아얏!"

햐쿠가 신음하며 고게차마루 쪽을 바라보았다. 꿈에서 막 깨어났을 때처럼 잠시 동안 눈을 깜박이더니 겨우 입을 열었다.

"고게차마루……?"

"햐쿠 씨! 저, 정신을 차렸군요!"

"정신이라니, 무슨…… 앗!"

다가오는 그림자를 보자마자 햐쿠의 눈이 이글이글 타올랐다.

"가까이 오지 마, 이 썩을 놈아!"

그렇게 외치며 햐쿠는 양손을 마주쳤다. 소리의 공격을

받은 그림자가 안개처럼 흩어졌다.

"됐다!"

고게차마루는 무심코 소리를 지르고 말았다. 그림자를 해치워서가 아니었다. 햐쿠가 돌아온 것에 대한 기쁨 때문이었다. 힘 있는 목소리. 조신함이라고는 털끝만치도 느껴지지 않는 말투. 온몸에 넘쳐흐르는 기운은 무척이나 격렬했고 화가 난 고양이처럼 사나웠다.

그런 모습이야말로 진짜 햐쿠의 모습이었다. 햐쿠가 평소처럼 돌아오자 고게차마루는 기뻐서 꼬리를 붕붕 흔들었다. 하지만 햐쿠는 냉정했다.

"기뻐하기는 아직 일러. 저 녀석은 바로 원래대로 돌아오거든. 빨리 여기를 나가야 해! 고게차마루, 안내해!"

햐쿠가 옆에 있던 하루키치를 등에 업으며 말했다. 그 뒤로는 그저 달려야 했다. 진흙탕처럼 묵직한 공기를 손발로 힘차게 가르며 그들은 밧줄을 따라갔다.

그림자에게 따라잡히려 할 때마다 햐쿠는 박수와 호통으로 물리쳤다. 그 모습이 듬직하기까지 해서 고게차마루는 웃음이 났다. '역시 이래야 햐쿠 씨지.' 하고 생각했다.

그렇게 겨우 밧줄 끝까지 도달했다. 밧줄은 어둠에 녹아들어 마치 끊긴 것처럼 보였다. 하지만 직접 당겨 보면 확실히 연결되어 있는 느낌이 들었다.

아직 이어져 있어. 이 앞이 출구야.

고게차마루와 햐쿠는 밧줄이 사라진 너머를 향해 몸을 던졌다.

꿀렁, 하고 어둠이 갈라졌다.

다음 순간, 고게차마루와 햐쿠 그리고 하루키치는 한 무더기로 겹쳐진 채 딱딱한 바닥 위에 나동그라졌다. 창고 안으로 돌아온 것이다. 눈이 휘둥그레진 아키네가 달려왔다.

"아아, 하루키치! 다, 다행이야! 찾아냈구나! 하루키치! 하루키치!"

아키네에게는 동생밖에 보이지 않는 모양이었다. 덕분에 고게차마루는 너구리의 모습을 들키지 않고 잽싸게 인간의 모습으로 변신할 수 있었다. 하지만 숨 돌릴 틈도 없이 주변에 불온한 기적이 피어올랐다.

뒤돌아보니 단지 가장자리에서 검은 것이 왈칵왈칵 넘쳐흐르고 있었다. 고게차마루 일행을 따라 그림자도 바깥 세계로 나오려고 하는 모양이었다.

"이 자식이!"

옷자락이 말려 올라가는 것도 신경 쓰지 않고 햐쿠가 있는 힘껏 단지를 걷어찼다. 단지는 허공을 날아 벽에 세게 부딪치며 산산조각이 났다.

히이이이익.

가냘픈 목소리와 함께, 흘러넘쳤던 검은 것들도 순식간에 옅어지더니 이내 사라져 갔다.

끝났다. 이제 살았다.

고게차마루는 한숨을 쉬었다. '단지'라는 세계를 파괴하자, 그 안에 속해 있던 그림자는 더 이상 존재할 수 없게 된 모양이었다. 만약 햐쿠와 하루키치가 갇혀 있을 때 단지를 깼더라면 어떻게 됐을까.

어쨌든 그렇게 하지 않아 정말 다행이라는 생각에 마음 깊이 안도의 한숨을 쉬면서, 고게차마루는 햐쿠를 바라보았다. 햐쿠는 비틀거리며 주저앉으려던 참이었다.

"괘, 괜찮아요, 햐쿠 씨?"

"멀쩡해. 약간 지쳤을 뿐이야. 잠깐 쉬면 금방 움직일 수 있을 거야. ……너는 어떤데?"

"저, 저는 괜찮아요."

"그럼 너는 한 번 더 분발해 줘야겠다, 아키네도. 너희 둘, 지금부터 내가 하는 말 잘 들어."

햐쿠는 앞으로 어떻게 해야 할지 재빨리 설명했다.

고게차마루와 아키네는 하루키치를 데리고 일단 뒷문을 통해 바깥으로 나갔다. 그리고 다시 앞문을 통해 집 안으로 들어왔다. 하인들이 그 모습을 발견하고는 "하루키치 도련님이 돌아왔다." 하고 외치자 집 안에서 식구들이 뛰쳐나왔다.

하루키치는 상처 하나 없었고 이미 정신도 돌아와 있었다. 하지만 아직은 멍한 상태라 단지 안에 빨려 들어갔던 일은 물론이고, 그림자 괴물이 자신의 눈물을 핥아 먹은 일도 기억하지 못하는 모양이었다.

고게차마루는 하루키치를 어디서 찾았는지 묻는 식구들에게 햐쿠가 일러 준 대로 대답했다.

"여기서 네 번째 골목 앞 공터에 있는 메마른 우물 안에 있었어요. 저 혼자서 끌어 올렸는데 머리를 부딪쳤는지 기억이 흐려진 것 같았어요. 집이 어디인지도 확실하게 기억하지 못했으니까요. 여기저기 데리고 돌아다니면 뭐라도 떠오를 것 같아서 같이 길을 걷고 있었는데 아키네가 저희를 발견했죠."

집안 어른들은 고게차마루가 지어낸 이야기를 싱거울 정도로 철석같이 믿어 주었다. 고게차마루가 어린아이의 모습을 하고 있다 보니 유괴범일지도 모른다는 의심은 조금도 하지 않는 것 같았다.

수없이 감사 인사를 받고 두둑하게 사례금까지 받은 뒤에야 고게차마루는 겨우 상점을 나올 수 있었다. 집 바깥쪽 샛길에서 햐쿠가 기다리고 있었다.

햐쿠는 고게차마루가 돌아오자마자 가장 먼저 "돈은 받았어?" 하고 물었다. 이제 완전히 기력을 되찾은 것 같다고 생각하면서 고게차마루는 말없이 보따리를 건넸다. 햐쿠는 무게를 가늠해 보고는 씩 웃었다.

"이 정도 무게라면 스무 냥은 들었을 것 같네. 역시 부자는 다르다니까. 손이 크잖아. 좋아, 이제 집으로 갈까?"

보따리를 품속에 넣은 햐쿠가 고개를 까딱했다.

집으로 돌아가는 길, 고게차마루도 햐쿠도 아무런 말이 없었다. 하지만 고게차마루는 힐끔힐끔 햐쿠의 눈치를 살필 수밖에 없었다. 햐쿠의 왼손에 감긴 손수건에 피가 스민 채 얼룩져 있었기 때문이다. 그걸 보자 가슴이 아파 왔다.

고게차마루는 결국 참지 못하고 슬쩍 물었다.

"그 손…… 아파요?"

"그래, 아파. 욱신거려서 참을 수가 없어. 구멍이 여덟 개나 뚫렸으니 당연하지."

"……"

"……하지만 덕분에 살았어. 고마워."

퉁명스러운 말투에 고게차마루는 가볍게 웃었다. 실로 햐쿠답다고 생각했기 때문이다.

갑자기 햐쿠가 걸음을 멈추고 고게차마루를 돌아보았다. 분명 웃고 있었지만 입가는 어딘지 모르게 굳어 있었고 탐

색이라도 하는 듯한 눈길이었다. 고게차마루는 햐쿠가 무언
가 하고 싶은 말이 있는 모양이라고 짐작했다.

"왜 그래요?"

"아니…… 네가 나를 발견했을 때 말인데…… 나, 무슨 말
이라도 했어?"

"아니요, 아무것도."

고게차마루는 즉시 대답했다. 자신이 보고 들은 것을 햐
쿠에게 알릴 생각은 없었다.

"제가 도착했을 때는 마침 그림자가 햐쿠 씨에게 덤벼들
고 있었어요. 햐쿠 씨는 그저 멍하니 서 있었고요."

"그랬구나."

그제야 햐쿠의 얼굴에서 긴장감이 사라졌다.

"그럼 됐어. 딱히 별것도 아니니까. 아, 맞다. 네게 줄 게
있었는데."

햐쿠는 작은 물건을 휙 던졌다. 그것을 손으로 붙잡은 고
게차마루는 깜짝 놀랐다. 푸르게 빛나는 얇은 조각. 산신의
비늘이었다.

"이, 이건……."

"내 게 아니야. 그 단지에 들어 있던 녀석이지. 너희들이
창고를 나간 뒤에 깨진 단지 파편을 찾아보았더니 거기에
있었어."

"이걸 완전히 이, 잊고 있었어요."

"그런 것 같더라. 너도 꽤 건망증이 심하구나. 아무튼 잘 됐지 뭐야. 산신님도 기분 좋게 춤출 수 있겠네. 이제 너는 산으로 돌아갈 수 있어. ……돌아가고 싶었지?"

"아, 알고 있었어요?"

"그야 당연하지. 돌아갈래, 돌아갈래, 하고 어찌나 잠꼬대를 하던지."

고게차마루의 얼굴이 새빨갛게 물들었다.

"……제가 그런 잠꼬대를 했나요?"

"응, 매일 밤마다. 그러니 나도 난감해서 말이야. 네가 빨리 산으로 돌아갔으면 좋겠어. 비늘 한 개는 손에 넣었으니 체면은 충분히 차릴 수 있겠지? 자, 어서 가."

다정한 말투에 고게차마루는 햐쿠를 말끄러미 바라보았다. 오늘 있었던 사건 탓인지, 스스로 느끼기에도 햐쿠를 보는 자신의 시선이 변한 것 같았다.

분실물 가게를 하며 살겠다고 마음먹기까지, 햐쿠는 셀수 없이 끔찍한 처사를 당하고 잔혹한 비난을 들어 왔던 모양이다. 때로는 절망에 빠져 맨몸으로 땅바닥을 버르적거리는 듯한 비참함에 몇 번이나 포기하고 싶었을 것이다. 하지만 그럼에도 씩씩하게 살아왔다.

그렇게 생각하니 햐쿠의 단점마저도 사랑스럽게 느껴졌

다. 돈에 인색한 것은, 평생 혼자 살아남기 위한 일종의 방어막 같은 것이었을지도 몰랐다. 술에 빠져 사는 것은, 술이 온기와 망각을 가져다주니까……

강인하고, 당차고, 애처롭고, 아주 조금이지만 귀여운 면도 남아 있는 한 여자에게 고게차마루는 갑자기 애착을 느꼈다. 그렇게나 떠나고 싶다고 생각했는데 막상 떠날 때가 되니 왠지 마음에 걸렸다.

하지만 산신이 기다리고 있었다. 산이 자신을 부르고 있는 것이 느껴졌다. 고게차마루는 비늘을 꾹 쥐고, 햐쿠에게 꾸벅 고개를 숙였다.

"그동안 신세 많이 졌습니다. 아, 제가 없다고 돈 낭비하시면 안 돼요. 특히 술은 좀 적당히 드시고요. 몸이 상하니까요."

"마지막까지 잔소리네. 됐으니까 빨리 가."

햐쿠가 손을 훌훌 흔들자 고게차마루는 웃으며 변신을 풀었다. 그러고는 그대로 바람처럼 그리운 산을 향해 달려 나갔다.

에필로그

햐쿠는 그해의 섣달 그믐날을 호화롭게 보내기로 했다.
단지에 빨려 들어간 아이를 구한 덕분에 지갑은 충분히 두
둑해졌다. 여기저기 요릿집에서 맛있는 음식들을 주문하고
술과 떡도 잔뜩 준비했다.

그렇게 섣달 그믐날 이틀 전부터 햐쿠는 뜨끈뜨끈한 고타
쓰 안에 들어가 닥치는 대로 술을 마셨고 내키는 대로 안주
를 먹었다. 마치 남들보다 한발 먼저 설을 맞이하고 있는 듯
했다.

하지만 그런 사치를 부리고 있음에도 어째서인지 마음이
개운하지 않았다. 아무리 먹고 마셔도 무언가가 부족했다.
비좁은 방이 공연히 넓고 썰렁하게 느껴졌고, 따뜻한 술도
차츰 식어 갈 뿐이었다. 그러고 있자니 분통 터지게도 고게
차마루의 목소리가 여기저기서 들려오는 것이었다.

"그만 마셔요!"

"아, 정말! 고타쓰 안에서 자면 안 된다니까요!"

"아휴, 햐쿠 씨. 벗어 놓은 옷은 잘 개켜 놓든지 걸어 놓든

지 해야죠."

햐쿠는 이런 현상을 '고게차마루의 저주'라고 부르고 있었다. 고게차마루가 산으로 돌아간 것도 오늘로 열이틀째. 그런데도 지금까지 집 안 여기저기에 고게차마루의 기척이 끈덕지게 남아 있는 기분이었다.

그래서일까. 햐쿠는 무심코 "고게차마루, 차 내와!" 하고 말할 뻔했다. 그럴 때마다 혼자 혀를 끌끌 찼다.

"나도 참……."

결단코 고게차마루가 그리운 것은 아니다. 고게차마루가 준비해 주던 식사와 감주가 그리운 거라고, 햐쿠는 스스로에게 되뇌었다.

"흥, 이거야 원. 정말로 저주잖아. 모처럼 시끄러운 녀석이 없어졌다고 좋아했는데 말이야. 덕분에 술도 마음껏 즐길 수가 없네."

기분이 나빠지면 술이 더 잘 들어가는 햐쿠. 제야의 종이 울릴 무렵에는 제법 취기가 오르고 말았다. 그때 살며시 문을 두드리는 소리가 났다. 그 소리에 햐쿠의 기분은 더욱 나빠졌다. 설마 손님일 리는 없고, 괴물 공동주택의 주민 중 누군가가 새해 인사라도 하러 온 걸까. 하지만 지금의 햐쿠는 아무도 만나고 싶지 않았다.

"누구야? 도주로인가? 아니면 사루마루? 누구든 상관없어. 돌아가. 기쁜 새해에 괴물들끼리 서로 얼굴을 맞대서 뭐 하려고."

차가운 목소리로 내뱉었지만 밖에 있는 사람은 포기하기는커녕 더욱더 끈질기게 문을 두드렸다. '머리통을 깨뜨려 줘야지.' 하는 생각으로 햐쿠는 결국 빈 술병을 들고 문으로 향했다. 하지만 문을 연 순간 술병을 떨어뜨리고 말았다.

"너⋯⋯."

"새해 복 많이 받으세요, 햐쿠 씨."

그곳에 서 있던 것은 고게차마루였다. 커다란 보따리를 등에 짊어진 채 개구쟁이처럼 웃고 있었다. 햐쿠는 자기 눈을 의심했다.

이 애교 있는 얼굴을 두 번 다시 볼 일은 없을 거라고 생각했는데.

얼이 빠져 있는 햐쿠에게 고게차마루는 빠른 말투로 "들여보내 주세요." 하고 말했다.

"여기까지 오는 길이 어찌나 춥던지요. 눈까지 내리는 데다, 발끝도 꼬리도 얼어붙을 것만 같더라고요. 오늘 밤 안에 못 오는 줄 알았어요."

"⋯⋯돌아온 거야?"

"네, 보시는 대로."

"⋯⋯왜 돌아온 건데?"

"그야 햐쿠 씨가 주인님의 비늘을 가지고 있으니까요."

고게차마루는 태연하게 대답했다.

"단지에서 나온 비늘은 확실히 주인님께 전해 드렸어요. 덕분에 산속 축제는 성대하게 펼쳐질 거예요. 물론 저도 크게 칭찬을 받았고요. 주인님께도, 산의 존재들에게서도. 그래서 생각했어요. 아, 이참에 햐쿠 씨의 비늘도 확실하게 돌려받아서 주인님께 드려야겠다, 하고. 그래서 이렇게 돌아왔어요."

"……."

"그렇게 이상한 표정으로 보지 마세요. 전에도 햐쿠 씨가 천 냥을 모을 때까지는 곁에서 떨어지지 않겠다고 말했잖아요? 저, 제가 한 말은 꼭 지키는 성격이거든요. ……또 여기서 지내게 해 주실 거죠?"

햐쿠는 겨우 제정신을 차렸다. 돌아온 것이다, 고게차마루가. 입꼬리가 씰룩거리는 것을 참을 수 없었다.

"……천 냥을 모을 때까지는 한참 걸릴 텐데?"

"각오는 했어요. 어쨌든 다 모을 때까지 곁에 있을게요. 아, 하지만 가끔은 산에 가 봐야 할 때도 있을 거예요."

"흥, 뭐, 상관없어. 네가 만든 밥은 꽤 맛있었으니까. 여기서 지내게 해도 그리 손해는 아니겠지."

"그러시겠죠. 아, 산에서 귤을 가져왔어요. 드실래요? 맛

있는데."

"그래, 먹자."

"헤헤헤."

하지만 방에 들어가자마자 고게차마루의 미소는 사라져 버리고 말았다.

"뭐, 뭐, 뭐예요, 이게! 제, 제가 산에 간 지 아직 열흘 하고 도 이틀 밖에 안 됐잖아요? 어떻게 이렇게까지 방을 어지를 수 있죠? 게다가 이 술이랑 음식 하며…… 대체 돈을 얼마 나 쓴 거예요!"

"이게 다 기분 좋게 새해를 맞이하기 위해서야. 그러기 위해 필요한 만큼만 썼다고."

"으이이이익! 새, 새해부터는 당분간 죽이랑 매실장아찌 만 먹을 거예요! 그리고 술도 당분간 금지예요!"

"왜 네가 그런 걸 정하는 건데! 정말 열받네!"

"열받는 건 저예요! 다 큰 어른이 대체 왜 그렇게 칠칠치 못한 거예요?"

새해 벽두부터 분실물 가게, 하쿠의 집에서는 고성이 난 무했다.

〈2권〉에서 계속